suhrkamp taschenbuch 3321

Ein Kind erzählt von den bedrängenden Erlebnissen seiner Kindheit. Seine Mutter leidet unter Verfolgungswahn, die eben erst eingekauften Lebensmittel landen in der Mülltonne – sie könnten vergiftet sein. Das Kind hungert. Die Mutter wird in die Psychiatrie eingeliefert. Ein Kreislauf beginnt: Dem Ausbruch folgt die Behandlung, der Behandlung die vorübergehende Normalität, dem erneuten Ausbruch die Einlieferung. Ganz allmählich beginnt das Kind, sein Ich zu verteidigen, baut seine eigene Erlebniswelt auf, eine Gegenwelt aus Büchern, ein Leben zwischen den Seiten.

»Mit dem Erwachsenwerden muß sich das Kind Zoe der Lebensrealität der Mutter stellen – und damit der eigenen. Keine Anklage, kein wehleidiges Lamentieren ist da zu erleben, sondern ein schleichender Prozeß zwischen Anpassung und Emanzipation, zwischen Liebe und Angst, zwischen Wahn und Wirklichkeit; ein Prozeß, an dessen Ende das Kind die Verantwortung für die Mutter übernehmen wird.« *Bayerisches Fernsehen*

Corinna Soria, geboren 1962 in Salzburg, zeigt, »wie man einer fürchterlichen Kindheit eine hoffnungslos heitere Geschichte abgewinnt« (*Sigrid Löffler*, *Literaturen*). Für ihr »furchtbar gutes Buch« (*Profil*) erhielt sie 2001 den Rauriser Literaturpreis. 2001 erschien ihr Erzählband *Klingen. Die Kunst über den Bogen zu springen*.

Corinna Soria

Leben zwischen den Seiten

Erzählung

Suhrkamp

Umschlagfoto: Sven Paustian

suhrkamp taschenbuch 3321
Erste Auflage 2002

Lizenzausgabe mit freundlicher Genehmigung des
Wieser Verlags, Klagenfurt/Celovec
Suhrkamp Taschenbuch Verlag

Druck: Ebner Ulm
Printed in Germany
Umschlag nach Entwürfen von
Willy Fleckhaus und Rolf Staudt

1 2 3 4 5 6 – 07 06 05 04 03 02

Leben zwischen den Seiten

I

Da ich meiner Mutter Kind werden sollte, nach mehr als *sieben Jahr, trüb und klar*, seh' ich den farbenstrahlenden Marktplatz ganz wie mein eigenes Leben, eine Versprechung nach mehr als sieben Jahr, die ich in der Fremde war, strahlend ich und strahlend mein Weg, strahlend die Mutter, die auftauchte aus der Finsternis und mir die goldenen Schuhe gab, ein seidenweiches Kleid und eine Kutsche dazu.

Unser erster gemeinsamer Sommer führt uns in die Berge, rechts Felsen, links Felsen, vor uns endet die Straße, nur hinter uns geht es wieder zurück, jede Woche fast stürzt ein Mensch in die Tiefe, die Mutter zerrt mich zum Leichenschauhaus, wo ihre Schwester, demütige Magd Christi, eine Abgestürzte wäscht und für die Erde bereitmacht, ich bin ganz stumm und starr, laß meine Hand doch los, aber nein, sie zerrt und ist stärker, schon sieht man die zerschlagenen Füße herausragen aus dem kleinen Raum. Eine Woche lang meide ich die Hände der Magd Christi und schmiege mich nachts tief in die Kissen, schweißgebadet begrüße ich erfreut jeden Morgen, die Sonne treibt die Geister aus.

Noch flicht die Mutter mir Kränze ins Haar, noch lacht sie mit mir über die Katzen, ganz Freude über jede Gemeinsamkeit, noch sitze ich, aufgeregt über die neue Wahrheit, meiner Mutter Kind zu sein, bei jedem Frühstück und genieße das Recht, zu essen und zu trinken in ihrer Gegenwart. Kein Grund zu Argwohn.

Und einen Vater habe ich auch, der kommt in die Berge, ich wünsche mir einen Indianerroman, nicht in Großdruck und nicht für kleine Kinder, es wird trotz väterlicher Belehrungsversuche *Winnetou* und ich schlinge drei Tortenstücke in mich hinein, alles erlaubt und im schönsten Kaffeehaus am Platz, die Idylle scheint kein Ende zu kennen, bin das noch ich, die auf Vaters Rücken reitet unter Mutters Lachen in hellen Tonlagen, die in Vaters Auto sitzt, hinaufgetragen in duftende Wälder, schönste Eintracht, rechts und links Erwachsenenhände, die mich schaukeln und ich laufe ungelenk, ein freigelassenes Bärenjunges, das über die eigenen Füße stolpert vor Freude. Als es Nacht wird, werfe ich mich zwischen meine Erzeuger, schlecht geliebte Kinder im ergrauenden Haar. Dann wird es Tag und ein Vater löst sich in Erinnerung auf.

Wir steigen wankend zu einer Wallfahrt bergauf, die Magd Christi, die Mutter und ich, es geht einen düsteren Weg durch Wald steil hinauf, immer weiter, die beiden ermüden nicht, ich suche Rinden und Süßholz,

Steine sammle ich am Wegrand, niemand freut sich über das Katzengold, Demut und Gebet schweben über uns und ein Vater-Abschied dazu. Schließlich ist es soweit, wir stehen vor der Kapelle, runder Bau, ein Turm auf dem abgeflachten Spitz einer Felszacke, die aus dem Abgrund aufragt, Inselfels, mit dem Festland verbunden durch eine schmale Holzbrücke, wettergebleicht und uralt. So tief hinunter kann nur Hölle sein, die Brücke über der Hölle ist zu passieren, ich stehe schon am Eingang zum Turm, doch die Mutter wehrt und windet sich, Angst in den Augen, bleiches Gesicht, sie wird über die knarrende Brücke gezerrt, so kurz vor dem Ziel gibt man nicht auf, meint die Magd Christi. Das Wandrund ist voll gepeinigter Gestalten, gotisches Fresko benennt man es mir, feuchterdiger Geruch und fortwährendes Knarren im Dach, an der Tür, an der Brücke. Für die Dauer eines Rosenkranzes vertiefe ich mich in die Wandmalerei, die Knie beginnen zu schmerzen, aber so nahe dem Himmel muß das Flehen wohl schneller seinen Adressaten erreichen, ich flehe nicht, noch wähne ich mich im Frieden. Wieder über die Brücke zurück, deine Lippen färben sich blau, so kenne ich dein Gesicht nicht. Ein stiller Gang durch den Wald, eine unruhige Nacht, Flüstern im Bett neben mir, das ich nicht verstehe, etwas geschieht. Die goldenen Schuhe, die mir die Mutter gab, werden zu Blei, das Kleid zu Nesseln, die Kutsche ohne Pferd, die Mutter stürzt schneller als der Stein über den Felsen dieser Nacht, ich will sie halten, ich liege daneben, etwas geschieht, das ich nicht deuten kann und ich denke mir ein Pferd herbei, einen Rappen, ich reite, *Siehst, Vater, du den Erlkönig nicht?* Nein. Ich reite allein und die Mutter strauchelt und stürzt, das geht so tief, ich hör' sie kaum mehr.

Zurückgekehrt aus den Bergen entsprechen wir vorerst unseren Verpflichtungen. Noch gehst du zur Arbeit jeden Tag und ich drifte nach dem Unterricht in das mutterferne Schulhortgeschehen. Die Schule beginnt mit neuen Gesichtern und Namen, alles riecht neu, einzig der schlecht gelüftete Studiersaal nicht, in dem wir Hortschülerinnen unsere Übungen schreiben und sehnsüchtig dem Abend entgegenwarten; je später es wird, desto öfter blicken wir zur Tür, sobald sie sich öffnet, wenden sich alle Köpfe hin, je später es wird, desto früher hören wir jedes Geräusch am Gang, die letzte bebt und hält die Tränen nur mühsam zurück. Vom ungewohnten Schulessen beginne ich zu kotzen und auch vor Angst, sie käme mich am Abend nicht holen, sie vergesse mich, verlasse mich und verlassen hast du mich plötzlich, ich verstehe deine Worte nicht mehr des Nachts und nicht dein starres Gesicht.

Wer nämlich mit h schreibt ist dämlich und fröhliches Gelächter brandet zur letzten Bank hin, in der ich sitze, wo bleibt der Applaus, eine Braut Christi, Schleier und Boxergesicht, gibt die gut bezahlte Privatschulvorstellung. Was sie nicht gibt ist Karl May aus der Schulbibliothek, zu jung für solcherart Lektüre sei ich, die ich nach Fortsetzung der gelesenen Abenteuer hungere. Ich rotze auf den Bösendorfer, klammere mich fest am Bösendorfer, unbelehrbar und dämlich dazu, indianersüchtig, schon knallt es, die Boxerin hat weit ausgeholt und beißt sich an mir fest.

Und hab' ich ihn und gib' ihn nicht mehr her: Winnetou! Was kümmert mich die Boxerin, zwei Hauseingänge weiter, im gleichen Klostertrakt, befindet sich (Sesam öffne dich) eine Bibliothek und dort hole ich jede Woche Abenteuer in wildester Freiheit, am Lagerfeuer, zwischen Mississippi und Missouri, am großen Huron-See, in den Häusern der Navajo, in den Tipis der Apachen, Sioux, Cheyenne, Crow.

Erst mischt die Bibliothekarin noch Kinderbücher zwischen Indianergeschichten, doch die nehme ich nicht mit, Gedichte, Gedichte ja. Mutter und Vater und Brüderlein und Schwesterlein, Katze, Hund und Haus, die lieben sich in buntbemalten Büchern, ich aber bin auf der Flucht über das Große Meer, Freiheit bist du über dem Großen Meer, komm an mein Herz und hülle mich ein, auf dem Rappen reite ich ... *Ich bin der Welt abhanden gekommen,* ja, Rückert, ich bin der Welt auch abhanden gekommen in kürzester Zeit. Ich wildere gelösten Haares durch die Steppe auf weichen, leisen Sohlen, meist aber reite ich auf dem Rappen und hin und wieder stolpere ich über Gehsteigkanten, Erde, ich übe den freien Fall.

Bald hast du Zeit den ganzen Tag, denn du bist von der Arbeit befreit, man hat dich gefeuert, und so stehst du in der Pause vor der Tür, reißt mich an der einen Hand, Schultasche, Kleidung und Schuhe in der anderen Hand, aus dem Unterricht, dringende Behördenwege, der Vater wolle das Kind entführen, dann tauchen wir unter tagelang. Nie mehr warten muß ich am Abend auf dich, nicht mehr die letzte sein, die aus dem Studiersaal befreit nach Hause geführt wird, denn Zeit hast du ja den ganzen Tag und ich hänge an deiner Hand nun tagelang. Mit Gottes Segen auf allen Wegen, Hauptsache, das Schulgeld stimmt, der Herr gibt es den Seinen und wen er liebt, den prüft er und er liebet vor allem die Kindelein.

Sie spricht ins Leere und spricht nicht zu mir, sie kämpft gegen Gestalten, die, sagt sie, durch Wände ziehen und nach uns verlangen, ich sehe nichts, sie bereitet am Boden ein Lager, unter dem Fenster, daß die Strahlen nicht unsere Körper zersetzen, sie zieht mich zu sich auf den Boden, Mondstrahlen, sehe ich euch nicht mehr? Nein, Mutter, der Mond tötet uns nicht, der Mond ist von leuchtender Schönheit, Mutter, ich habe es gelernt, erst gestern, von der Sonne beschienen macht er, daß nicht nur das Schwarz der Nacht uns umhüllt, ich will ihn sehen. Sie zieht mich zu sich, sieht ihre Materie schon im Vergehen und die meine, so mannigfaltig ist der Schrecken der Welt, ich sage dem Mond, er soll mich suchen, zwischen den Ritzen der Jalousie blinken die Strahlen durch und zeichnen ein Muster an die Wand, sein spärliches Licht leuchtet mich in den Schlaf, während sie zornig ihre Hand gegen die Wand ballt. Dunkel ist es am Morgen, dunkel den ganzen Tag, das Zimmer bleibt verfinstert, die Sonne, die Wolken, das Blau, nein, sagt sie, man beobachtet uns von allen Seiten, man will uns Böses. Ich wende mich ab und steige auf den Rappen. Die Sonne brennt am Horizont, die Prärie gleißt, Staub wirbelt unter den Hufen und nachts werde ich auf den Dächern der Navajo sitzen und die Friedenspfeife rauchen mit der glänzenden Kugel dort droben im Dunkelblau.

Von oben Strahlen, von unten, von allen Seiten her will man sie zersetzen, sie befiehlt mir, mich auf sie zu legen, ich bin ihr Schutzschild, liege in ihrer Hand auf Gedeih und Verderb, doch stehle ich mich heimlich davon an den Mississippi, sie merkt es nicht, während ich auf ihr liege und sie schläft ein, wieder über eine Nacht gerettet, Mutter, kommst du aus dem Dunkel, quäle dich nicht, schlaf, meine Mutter, schlaf ein.

Früher, vor einem Jahr noch, las sie mir Märchen vor, Andersens Märchen, wir liebten Grimm nicht; da lachten wir gemeinsam über die Prinzessin auf der Erbse und weinten über das Mädchen mit den Schwefelhölzchen, jetzt weint sie nicht mehr, kein Lächeln bewegt ihre Lippen, sie ist so starr und bleich und ganz zurückgenommen auf allzeit dieselben Worte und Gesten der Abwehr, sie ist ein Bündel Schrecken und Qual, eine leichte Last, denn wir hungern oft, und sie liegt unter mir wie unter der Brücke zum Leben und ich weiß nicht, wohin ich führe, ich bin im Kopf über dem Großen Meer, während sich meine Beine durch das herbstgefärbte Laub der Allee wühlen, während meine Hand an ihrer hängt, so unerbittlich fest hältst du mich, mäßigst meinen Schritt und ich will doch laufen, wohin würde ich laufen …

Wir kosten vom Hunger ein gutes Stück, ein Spießrutenlauf wird der Kauf von Lebensmitteln, kreuz und quer durch die Stadt treibt sie die Angst, sie sieht sich schon im Augenblick des Bezahlens vergiftet und oft bezahlt sie nicht gleich, unser Name steht in den Schuldenlisten vieler Läden, wir sind stadtbekannt und nicht nur darum. Zu Hause ein erbitterter Kampf um die Hungervertreiber, ganze Einkaufstaschen verschwinden im Müll, Brot und Butter und Milch, Obst, Fisch, Käse, frisch gekauft, triumphierend mit hungrigem Blick eilig in die vier Wände geschleppt und sie befindet aufgrund geheimer Meldungen, an sie persönlich gerichtet, daß alles vergiftet sei und es hilft kein Betteln, Trotzen, kein Heulen, die Wut sitzt im Magen und ergibt mit dem Hunger ein böses Paar. Ich wende mich ab.

Dieser Spätherbst ist wundervoll, wir wandern durchs Laub, in der Tasche einen Laib Brot, der duftet ganz unaussprechlich, wir setzen uns in die Sonne auf eine Bank vor dem Fußballplatz, ich liebe die Sonne und reiße das Brot an mich, teile es entzwei, noch ehe sie ein Wort sagen kann, und stopfe mir den Mund unerlaubt voll, Mutter, ich liebe die Sonne und die Kastanienfarbe; auf dem Fußballplatz laufen die Kinder und mein Geist löst sich auf in ein glückliches Laufen, meine Beine baumeln von der Bank, laß mich doch laufen.

Ihr geheimer Retter heißt Rex, und er spricht aus dem Rosenkranzetui zu ihr, warnt sie vor Gift und Zersetzung, vor jeglichem Ungemach, und ihre Tage und Nächte sind voll von Ungemach. In dieses Etui spricht auch sie, als wäre es ein mobiles Telefon, dort erhält sie Weisungen, wie man unauffällig die Gefahr flieht, wie man durch Räume sieht, wie man unbeschadet über den Tag kommt. Und noch einen Retter sieht sie über die Pyrenäen ziehen: Juan Carlos den Spanier, die katholischen Könige, Mutter, sind schon seit Jahrhunderten tot, du aber siehst Juan Carlos, noch immer Thronfolger ohne Land und Thron, aufrüsten zu einer dir persönlich geltenden, beispiellosen Befreiungsaktion.

Ich fahre den St.-Lorenz-Strom hinauf mit den Irokesen und beweine den letzten Mohikaner, Tag und Nacht lese ich, denn wir sind eingesperrt, eingekesselt, abgeschnitten, wir leben in einem anderen Land in deinem Kopf, in dem Hunger, Verfolgung, Angst und Starre herrschen, du weißt nichts von meinen Fahrten, Ritten, Schleichwegen, du weißt nicht, daß mein ungebändigtes Haar im Wind weht und daß mein Geist sich aufmacht in einem großen Freiheitssturm. Du weißt nichts von mir, außer daß ich dein Schutzschild bin und ich schütze dich, wenn ich kann.

Meine Ausflüge über das Große Meer zerfließen im Nichts, nur zum Rhythmus der Sprache bin ich für eine Weile aufgehoben in der Phantasie, unsanft ist die Landung in der Welt, die du uns schaffst. Mein Schild ist das Lesen, du legst dir Bücher als Strahlenschutz ins Bett, du bettest deinen Körper auf Bücher, zerfetzt, geknickt, zerknüllt das Papier, das bleibt. Ich lese bis zur Erschöpfung und darüber hinaus, der Schlaf ist mir vergangen, *Wer reitet so spät durch Nacht und Wind*, das bin ich auf dem Rappen und sachte-sacht gleite ich aus den Büchern endlich doch in die nächtlichen Träume, da reißt du mich plötzlich hoch, zerrst mich aus dem Bett, ziehst mich ins Bad ans geöffnete Fenster, man wolle uns vergasen, das Zimmer sei schon voll Gas, fast habest du in den Tod geschlafen, ich rieche nichts, du sagst, man rieche Gas nach einer Weile nicht mehr, erbost holst du die

Hausmeisterin, ich bleibe zurück, mit der strengen Weisung, das Bad nicht zu verlassen, ich setze mich auf die Klomuschel, doch bald hebt mich Geschrei aus dem Dösen, diesmal hast du es zu weit getrieben, Brüllen entlädt sich über uns aus dem Mund der Hausmeisterin, wir mögen uns vorsehen, daß man uns nicht aus der Wohnung werfe, wir mögen anderen die Nachtruhe stehlen, wir mögen zum Teufel gehen. Diese Nacht schlafen wir nicht, Kerzen brennen im ganzen Zimmer, fünfundsiebzig Kubikmeter kerzenbeleuchtete Angst. Welch schönes Feuerwerk gäbe das mit Gas. Ich wende mich ab. Am Morgen mutest du mir die Schule nicht zu, man wird mich entführen, du weißt es genau; rot färbt die Sonne die Wolken zum Tagesanbruch, ich sehe ihre Schönheit durch die Ritzen der Jalousie, grüßt sie mich? Sie dringt mitten ins Schweigen, *Froh wie seine Sonnen fliegen durch des Himmels prächt'gen Plan,* Mutter, die Musik.

Und doch will ich in die Schule an diesem Tag, denn Joy möchte ich ein letztes Mal sehen, Joy, die nach England zieht. England ist weit und Joy ist schön. Zart, blaß und scheu stand sie in jeder Pause allein, um sich einen weiten Bereich aus Kummer, Heimweh und Unantastbarkeit, ich sank in Gedanken vor Joy hin und richtete nicht ein einziges Wort an sie, denn sie hätte wie eine Feder davonfliegen können im Hauch meines Sprechens; gerade an diesem Tag will ich in die Schule, Mutter. Nein.

Du mißtraust dem Frieden, den uns die Nacht ohne Gas schließlich doch bescherte und prüfst alle Heizkörperventile auf undichte Gaseinströmmöglichkeiten, währenddessen an mich die Weisung ergeht, meine Kleider zu ordnen, doch mir fällt Besseres ein. Ich bemale die Kasteninnentür mit einem Indianergesicht und klebe ihm eine Feder aus Papier aufs Haupt. Aus dem Bad dringt ein empörter Laut, ich stürze hinaus, heißes Wasser spritzt aus dem geöffneten Ventil, sie hat in Minutenschnelle das Bad überschwemmt und steht mitten im Wasser, ihre Hände verbrüht, mit der Zange versucht sie das Ventil zu schließen, ich zittere und sehe das Haus überflutet, höre die Flüche der Nachbarn schon, da gelingt ihr endlich doch das Kunststück, das Ventil sitzt wieder wo es hingehört. Wir trocknen gemeinsam das Wasser auf und begeben uns dann erschöpft in das Zimmer, sie sieht meinen Häuptling Weiße Feder auf der Kastentür prangen und meine Bekleidung im Durcheinander wie zuvor, da hat der Tag für sie das Maß des Erträglichen erreicht. Sie geht in die Küche, öffnet die Lade, holt das Messer, das große Messer, von Hand geschmiedet und schon sehr alt, holt das Messer hervor, setzt es sich an die Brust, befiehlt mir, vor ihr zu knien und kniend Verzeihung zu erbitten, sonst bringe sie sich ums Leben, du zwingst mich in die Knie, ich sinke nieder und schniefe dir die Schuhe an.

Das erste Wasser morgens ist von Rost durchsetzt, rotbraune Brühe, jeder Tagesbeginn schon ein Kampf ums Überleben, gesammelt wird es in einem Kanister, Beweisstück für Mordabsichten, eines Tages, zu guter Stunde, wird er der Welt ins Gesicht gehalten, man will uns vergiften, heißt der Refrain, Rex wird gerufen um Rat, weitersammeln, weiter beweisen, stark bleiben, nicht weichen der Gefahr, man hat den Boiler verätzt, das wird uns töten, geöffnet muß er werden auf schnellstem Weg; sie schreitet zur Tat. Das alte Stück, hermetisch verschlossen, hält ihren Bemühungen stand, ein Klempner muß her, sie steht neben ihm, verfolgt sein Tun, verbietet ihm, ein neues Heizrohr einzubauen, fällt erbost mit ihm in Streit, befiehlt ihm zu gehen, er setzt den alten Heizstab ein, dichtet fluchend den Deckel ab, knallt das Werkzeug in den Kasten, daß die Schrauben spritzen und verspricht ein Nachspiel. Damit prescht er zur Tür hinaus. Sie steht zitternd in der Küche, ballt die Fäuste gegen die Eingangstür, weiß bis in die Lippen, entschlossen, allem Ungemach zu trotzen, ganz Stolz und Energie.

Hungerkünstlerinnen sind wir beide, freilich jede auf ihre Art. Du umgehst die Nahrungsaufnahme mit großer Geste, Heldentum im Hungerturm, dein Hungerlohn ist das Überleben um jeden Preis. Vergiftet ist dir die Nahrung, die du aus eigener Kraft beschaffst, nach der Fütterung verlangst du, ein Säugling im ausgezehrten Körper, abgemagert, ausgemergelt, ganz elend und dürr wartest du auf die Hand, die dich nährt und deine erstarrten Augen auftaut mit sanftem, samtenem, warmem Streicheln. Ich hingegen sitze in der Ecke, ducke mich, um nicht zu haften an der Oberfläche deiner Pein und bearbeite mit den Zähnen meine Nägel und mein Haar, während ich die Indianerwelt befreie, an der Spitze meiner Schwestern und Brüder, auf dem Rappen, der reitet, als hätte er Flügel und trüge mich hinaus, hinaus in die Weite.

Das sandfarbene Fell meines Bären mit den großen Augen ist schon sehr durchtränkt und abgegriffen, wild werfe ich mich über ihn, ich singe wie ein Bär, komm, mein Grizzly, wir sind vom selben Stamm, stumm bist du, aber beständig und geduldig mein. Weich liegt es sich in meinen Armen, tröstlich liegt es sich in deinen Armen, wenn ich dir erzähle, einziges Plüschohr, das mich hört, einzige Holzwolle, die mich versteht, einzige Glasaugen, die immer mich meinen. Sandfarbener Plüsch, an den ich meine Wange lege, bin ich doch aufgehoben und sicher hier.

Wir hungern, aber ich beginne Fett zu speichern wie ein Grizzly, denn glücklicherweise hast du mich beizeiten mit dem Messer die Kunst der Erpressung gelehrt und in süßen Stunden lernte ich den Wonnewohlgeschmack von Vanilleeis, Schokolade, Punschtörtchen, Indianerkrapfen (oh Freiheitsaroma!) kennen und dringe trotz Gift und Armut zu ihm vor. Die

Schule, meine Dependance tagtäglicher Normalität, Ort deiner Schreckensphantasien von väterlicher Entführung und Kindesmord, liefert meine Erpressungsgrundlage. Du wirst vor die Direktorin geladen, meine Fehlstundenzahl betrug ein Drittel des letzten Schulhalbjahres, hundertzweiundsechzig Stunden genau, davon sechs unentschuldigt, sechsmal warst du zu weit in der Panik, um in meinem Mitteilungsheft Rechenschaft abzulegen, so geht das nicht. Die Braut Christi befindet, ich habe den Unterricht zu besuchen wie andere Kinder auch, niemand weiß, was ich sechsmal heimlich und unentschuldigt getrieben habe, du entlastest mich nicht, gibst nur zweideutiges Sprachgespinst von dir, würdevoll, nachdrücklich und distanziert formst du Konstruktionen der Erklärung. Einer der hohen Chargen, sagst du, dessen Namen man nicht nennen darf, hat dunkle Vorhaben wider dich und dein Kind. Man verstehe nicht, dürfe sich aber nicht irritieren lassen, du wissest wie dem zu entrinnen sei, man möge auf dich hören und deine Informationen aus zuverlässiger Quelle nicht mißachten, denn andernfalls geschehe Fürchterliches, man habe sich gegen dich verschworen und wolle dir Böses, du aber wissest die Losung. Die Braut Christi erstarrt und blickt verstört vom Telefon zur Tür, wo ist ein Fluchtweg, aber du bist nicht gemeingefährlich, das begreift schließlich auch sie und ersucht dich, die Möglichkeit eines Schulwechsels für dein Kind zu erwägen, da das Schulgeld bestimmt eine Belastung sei für eine alleinerziehende Mutter, empört antwortest du, du seist eine vorbildliche Mutter, dein Kind sei dir keine Belastung, man werde keine Handhabe gegen dich finden. Sie könne so hohe Fehlstundenzahlen nicht tolerieren, ansonsten sei ihr Privates einerlei, damit komplimentiert sie dich hinaus, erleichtert, deinen glasähnlichen, in horizontlose Abgründe gerichteten Augen zu entkommen.

Beunruhigt sprichst du auf der Straße sofort in dein Rosenkranzetui, du brauchtest ab nun Geleitschutz für die Schule, denn die blaue Chefin habe dich abgeschrieben, in der Tat ist die Direktorin eine blau uniformierte Braut Christi. Ich trotte, Löcher in die Luft glotzend und an deiner Hand hängend wie an der Nabelschnur, neben dir her, ein hübsches Paar sind wir bestimmt, wie ferngesteuert du und ich von dir mitgeschleift, doch meine Luftlöcher formen sich zu einem Plan und damit unterwandere ich Gift und Verderben, eine gute Schülerin war ich dir, nun kann der Kampf beginnen.

Frühmorgens, geweckt von ihren ruhelosen Zimmerdurchwanderungen, kündige ich an, ich befände mich nicht wohl, habe Hunger und sei ganz schwach, sie schaltet das Radio ein, Vivaldi erklingt, welch weiches Entfliehen, ich wende mich zur Wand und küsse die Trostplüschbärenohren, das wird ein süßes Frühstück, mein Grizzly! Sie hantiert in der Küche, jeder

Handgriff ein Gewirr aus Überlegung und Gegenüberlegung, viermal wird der Kaffeefilter aufgehoben und wieder abgesetzt, sie zuckt mit dem Kopf zur Seite und preßt ein unverständliches Flüstern zwischen den Lippen hervor, Wasserhahn auf, Wasserhahn zu, auf, zu, Kopf zur Seite geworfen, ein wild empörter Ausdruck im Gesicht. Ich rufe in die Küche, ich sei zu schwach zur Schule zu gehen, bekäme ich nicht Schokoladetorte zum Frühstück, erst würdigt sie mich nicht eines Blickes, ich wiederhole mich. Aber ich wisse doch, daß im Milchgeschäft selbst die Milch meist vergiftet sei, daß man uns Böses wolle, ich solle mich auf die Beine stellen, wir hätten Geleitschutz in die Schule, ich möge mir darum keine Sorgen machen, nein, ich habe keine Bange, aber ohne Schokoladetorte breche ich zusammen und die Direktorin schwebt über uns. Sie kommt ans Bett und zieht mich heraus, ich lasse alle Glieder hängen und knicke am Boden vor ihr ein, entsetzt reißt sie mich auf, ich knicke wieder ein, schließlich, in Panik, nimmt sie die Schlüssel, das wird wahrhaftig ein Schokoladetortenfrühstück, doppelt versüßt vom Erfolg. Nun hungere ich nur mehr, wenn das Geld aufgebraucht ist, und aufgrund meiner neuen Fertigkeit geschieht das schneller als zuvor. Dosenfisch, Fertigsuppe, Schokoladeriegel, Bananen, Schlagobers, all das wandert am Monatsanfang durch meinen Magen, zum Schluß bleiben nur mehr geröstete Kamillen und die Reste in Marmeladegläsern, vorerst mäste ich mich im Erpressungsterror. Bald wendet sich aber wieder das Blatt, denn die Tante aus den Bergen, Magd Christi, schickt Kinderfertigbrei; schachtelweise kommt die einwandfreie Nahrung bei uns an, direkt aus der Fabrik bezogen, Werbe-Aktion, für notleidende Mütter gedacht, ich bin verdammt zum süßen Brei tagaus, tagein. Schon heule ich dem Dosenfisch nach, soviel Süßigkeit auf einmal und doch kein Schokoladegeschmack, für einwandfrei befindet sie den Brei, weil die Tante aus den Bergen nimmermüde Schimpftiraden gegen meinen Vater losläßt, Geschenke solcher Kumpanei können nicht vergiftet sein. *Mein Vater, mein Vater, und siehst du nicht dort / Erlkönigs Töchter am düsteren Ort?*, nein, mein Vater sieht weder Töchter noch Mütter noch Kinderbrei, was kümmert es mich, ich reite wieder hinaus in die Wälder des Nordens, Winter wird es, Zeit für das Sammeln von Nahrungsvorrat, wenn der Schnee kommt, müssen die Wigwams angefüllt sein, ihre Rindenabdeckungen ausgebessert, die Fische geräuchert. Neuerdings habe ich mich dem Studium der Indianerkulturgeschichte verschrieben, in der Schule trumpfe einmal auch ich, in den Pausen fließen mir Indianersprachen und -stämme im schönsten Durcheinander über die Lippen, das Herz fließt mir über, da ich meinen Indianerbrieffreund ersinne, der mich seine Geheimnisse lehrt und im weichen Ledergewand auf leisen Mokassinsohlen, eine Adlerfeder im langen Haarschopf, zur Post schleicht, um mir die heißersehnten Briefe zu senden, schon schreibe ich ihm in seiner eigenen Sprache. Selbstverständlich ist er Mitglied des tapfersten Stammes, ein Sioux, in diesem Jahr machten die Sioux ihren Zug zu Pferd nach Wounded Knee, an die Stelle, an der man einst ihre Frauen und Kinder hinterrücks erschoß.

Bald wird dir meine Erpressungstechnik zu bunt, zur Abwechslung muß ich meine Schokoladesucht also mit Betteleien stillen, doch mittlerweile sieht man mir den Kinderbrei schon an und mein Kleidergrößenwechsel bereitet dir ernstliche Sorgen finanzieller Art, ich platze aus allen Nähten, übertreffe mich selbst in Verdoppelung, ein wohlgenährter Vorwurf in allen Straßen und Gassen bin ich neben dir ausgehungertem Wesen, auf deine Kosten nährt sich ein Wechselbalg, ein Wechselbalg, ja, das bin ich, denn ich glaube dir kein Wort, verloren habe ich meine Mutter im Dickicht hinter mir, eine Fremde bist du, Sumpflandschaft auf meinem Weg, und ich muß den Pfad finden, der hinausführt in die Weite, wo ich der Sonne entgegenlaufe, dem Mond und den Sternen, schöne Strahlen, lebendige Strahlen, Licht auf meinem Weg, keine Zerstörung, wo ist der Sternensohn, wo der Mann im Mond, wo Bruder Sonne, auf den Strahlen laufe ich, losgelassen und laufe, nichts hält mich, nichts schmerzt.

Und dann träume ich, wie die Freiheit aussieht, die Freiheit bin ich, gelösten Haares, im weißen Trenchcoat, einen blauen Koffer in der rechten Hand, mit der linken öffne ich die Flughafentür, in meinen Ohren ein Turbo-Brausen, von dem ich erwache, sie mahlt den Morgenkaffee, aus der Traum, aber nein, so schnell lasse ich meine Freiheit nicht davonfliegen, erpresserisch kralle ich mich ans Bett, diesmal, ein letztes Mal, wird es ein weißer Trenchcoat, den sie vom Notstandsgeld ihrem Wechselbalg ersteht.

Allerheiligen naht, du packst mich zusammen, ich packe den Plüsch-Grizzly, auf geht's, deiner Heimat zu. Kurze Zeit leben deine Augen, hat dich ein Hauch deiner Mutter gestreift, Erinnerungen an ihre Hand vielleicht, die dich führte, wirst du Kind; ja, du lächelst sogar. Ich bin ganz betört von deinem Lächeln und singe im holpernden Bus *Freut euch des Lebens,* ich freue mich über dein Lächeln, gerate ganz außer mich, eine helle, glänzende, glühende Spirale tanze ich der Sonne zu, Mutter, bist du hier? Sanft und weich sind die Konturen der Wälder, Wiesen und Felder in deiner Heimat, nicht todbringend wie die Berge, hohes Steingezack, das mir den Blick verschloß, jedes Dorf eine Totenkammer voll schroffer Bewohner, hier sind die Häuser verstreut in die Hügel gebaut, ich denke, hier müsse auch für Indianer ein glückliches Existieren sein. Du zeigst mir das Schloß, wir stehen auf der einstigen Zugbrücke, unter uns der Graben, ober uns Pechnasen, ich denke mir schildbewehrte Reiter herbei, ich mitten im Ritterheer, doch zurück, zurück in den nächsten Bus, der trägt uns Haarnadelkurven empor, mir wird übel, mit jeder Kurve nähern wir uns dem Ziel, deinem Ziel, deinem Ausgangspunkt, wir gehen den Weg durch den Wald, den sie täglich zur Schule ging, in Holzpantoffeln durch den tiefen Schnee, vier Uhr morgens, denn vor der Schule mußte sie die Messe besuchen, einmal versank sie bis zu den Achseln im Schnee, der Bruder fand sie zum Glück und zog sie heraus, die Holzpantoffeln waren verloren bis tief in den Frühling hinein ... Und dann endlich, hinter der letzten Wegbiegung, in den Hang gebaut das Haus, der Garten, der Brunnen, der Stall; freilich, sagst du trüb, sei dies nicht mehr dein Elternhaus, abgerissen habe man bis auf den Keller den Ort deiner ersten Erinnerungen, zerstört dir die Heimat, nur in der Seele bewahrst du ein Bild und langsam werden deine Augen wieder Eis und ich weiß nicht, wie den Frühling beschwören für dich. Fröhlich bellend begrüßt uns ein Hund und ich weiche nicht mehr von seinem seidigen, warmen Körper, am Abend bereue ich den Treuebruch an meinem Grizzly und heule schuldbewußt in das Plüschfell, einzige Holzwolle, die mich versteht, einzige Glasaugen, die immer mich meinen, einziges Plüschohr, das sich mir nie verschließt, keine Konkurrenz gibt es für dieses Grizzly-Ding in meinem Arm, nichts außer ihm drücke ich an mich in meiner sonnen-, mond- und sternstrahlberaubten Nacht, wie halte ich mich fest an ihm.

Im Stall steht ein Pferd, ein braunes, ruhiges Arbeitstier, Stunden verbringe ich vor seiner Koppel und sehe es an, wer hätte gedacht, daß ich mich nicht fünf Zentimeter vor seine Nüstern wagen würde, es spürt den Sicherheitsabstand und schnaubt leise zu mir hin, nähert zärtlich-langsam sein Samtmaul meiner halb ausgestreckten Hand, Zeitlupeninstinkt, ganz auf mich ängstliches Menschenwesen abgestimmt. Und dann jage ich die Hühner, Federvieh, das allein meinem imposanten Kopfschmuck dienen soll, schon sehe ich die Federkrone auf meiner Stirn, wildere in Gedanken durch die Wälder, hüpfe im Heu herum, erschlage fast zwei junge Katzen und entdecke auf meinen heimlichen Erkundungsschleichpfaden über den Heuboden eine eisenbesetzte Truhe, öffne sie und finde alte, ledergebundene Gebetbücher in Massen, dazwischen ein kleines, mit Handschrift gefülltes Notizbuch, das ich nicht lesen kann, man sagt, die Mutter meiner Mutter habe Gedichte verfaßt in ihren Nächten. Jahre später wird diese Truhe verschwunden sein, verheizt, auch die Bücher in Asche gelegt, die Mutter meiner Mutter hat Gedichte geschrieben, nicht einmal für mich, ich werde mich um mein Erbe betrogen fühlen, dieses eine Notizbuch, spöttisches Gelächter, die Gedichte der Mutter meiner Mutter haben an einem Winterabend die Küche erwärmt, man hat auf ihnen die Nahrung gegart … Manchmal sei ich wie deine Mutter, wirst du Jahre später zu mir sagen, ich werde beschließen, manchmal wie deine Mutter zu sein, doch noch ist es nicht soweit.

Abend wird es, die Tiere begeben sich zur Ruhe im Stall und müssen schlafen, sagt meine neue Freundin, die alte Magd, ich stapfe, freiwillig an ihrer Hand hängend, in die Küche, du sitzt ganz elend und klein in die Ecke gedrückt, der Bauer röhrt höhnisch auf und fällt dir ins Wort, als du von den Gefahren sprichst, die dich umgeben, er brüllt lachend, dir fehle ein Mann im Bett, vom Herd her schneidet die schrille Stimme seiner Frau, er Idiot möge schweigen und du mögest dich nicht erblöden, solchen Unsinn von Gift, zersetzenden Strahlen und Gas zu erzählen; einer der zwölf Söhne findet keine frischen Socken und knallt, rot vor Wut, die Tür zweimal zu, ein anderer sitzt still am Tisch und glotzt von Trauer gefüllte Löcher in die Luft. Die von allen Seiten mit Verachtung überschüttete Magd drückt mich an sich und hält mir die Ohren zu, das war einst deine Heimat, die du nie wiederfindest, und ich meinte, hier müsse ein glückliches Existieren sein. Als sie das Tischgebet murmeln, denke ich, hier wohnt kein Gott, lehrte man mich doch, daß Gott sich finde, wo zwei oder drei in seinem Namen versammelt sind, das hatte ich einer Braut Christi in der Schule zu rezitieren wie ein Papagei.

Erleichtert steige ich nach dem allgemeinen Verschlingen der Abendmahlzeit die baufällige Treppe zur Kammer der Magd hinauf, dort lagern wir für einige Nächte, zusammengedrängt in einem alten Eisenbett, das andere Bett belegt meine neue Freundin, die Magd;

ich lerne, daß diese Magd, verlacht und als zurückgeblieben betitelt, der Sonne, dem Mond und den Sternen näher ist als die gesamte schlau im Leben sich zurechtfindende Herrschaftsbrut, vielleicht, denke ich, kennt sie einen heimlichen Weg in die Freiheit, vielleicht sind ihr Lächeln und Schweigen der Weg, vielleicht, hoffe ich, zeigt sie den Weg auch dir, vorerst sitzt du noch in der Küche, mitten im Geschrei. Meine neue Freundin erzählt mir Geschichten von eurer Mutter, sie kannte sie noch gut, schön ist es, den Hauch längst vergangener Zeiten, Worte und Taten sachte-sacht zu verspüren, deine Mutter lebte im Kopf. Dann höre ich Psalmen und bin ganz aufgewühlt von diesen neuen Abenteuern, die Magd reicht mir die Bibel, altes, mit einem siebenarmigen Goldstichleuchter verziertes Testament, bedrucktes Papier aus dem vorigen Jahrhundert, ich rieche daran und dringe in dieser Nacht von den Psalmen zum Buch Kohelet vor, empört wehre ich mich, als du kommst und das Licht löschen willst, die Magd gibt mir eine Taschenlampe, du schweigst und fällst langsam in den Schlaf.

Süß ist das Licht, und köstlich den Augen, die Sonne zu schauen, damit wiegt mich Kohelet in den Traum. *Wach auf, mein Gemüt, wach auf, Harfe und Zither! Ich will das Morgenrot wecken,* tönt es in mir, schlaftrunken stolpere ich die Treppe hinab, eingehüllt in Psalmen-Sprachkaskaden verdrücke ich mein Frühstück und höre den Allerheiligenlärm um mich kaum.

Ergreife Rundschild und Setzschild! Mein Rundschild ist bei den Apachen, Sioux, Cheyenne, Crow, mein Setzschild aber sind die Psalmen und Kohelet. Diesen Setzschild stemme ich in den Boden vor mich hin, nun wird mir nichts geschehen.

Von allen Seiten sind sie zusammengekommen, deine Schwestern und Brüder am Grab der Eltern, Allerheiligenlitaneien, Kerzen, Kränze und weihrauchgeschwängerte Reminiszenzen an die Verblichenen, ich stelle mir die Knochen vor und mich friert fürchterlich.

Nach der Friedhofszeremonie gehst auch du auf Spurensuche im Psalmenbuch. *Sie gaben mir als Nahrung Gift, und Essig für den Durst als Trank. (...) Der Tod falle über sie her! Lebendig sollen sie zur Unterwelt fahren!* skandierst du, hier wohnt kein Gott, denke ich und richte das Wort an den Mond: *Behüte mich wie deines Auges Stern, birg mich im Schatten deiner Flügel.*

Die ganze Familie hat sich eingefunden. Bei Kuchen und Wein wird über dein Verhalten und Schicksal Gericht gehalten, sie sitzen rund um den Küchentisch, allerheiligste Versammlung von Christusbräuten und Gottgefälligen, eine hebt an, mit gefülltem Mund Kunde zu geben von ihrer Information, eingeholt über ein direktes Sprachrohr der Jungfrau Maria, Ave

Maria, tönt es im Chor, dieses Sprachrohr, eine halberblindete, einfache Seherseele, die ihr Lebtag als Hilfsarbeiterin verbrachte, der Schulbildung verlustig, kaum lesen kann, dieses reine, geweihte Geschöpf (selig die Armen im Geiste) empfing die Botschaft, du, meine Mutter, seist von vier Dämonen umsessen. Nein, Gott bewahre, nicht besessen, man legt Wert auf den kleinen Unterschied, die Schande der Besessenheit mutet Gott der heiligen Familie nicht zu, und wenn du betest und Opfer bringst, wird sich deiner die himmlische Heerschar erbarmen und die vier um dich sitzenden Bockfüßigen zermalmen, wie man es bei himmelblau-rosaroten Gipsfiguren, die ihren Fuß auf den Drachen setzen, so einprägsam herzerhebend sieht, du, meine Mutter, mögest dich nicht kränken, es gäbe ein Entrinnen auch für dich, beug nur deine Knie. Ich finde deinen Blick nicht mehr, ich finde dein Lächeln nicht mehr, bist du wieder fort, ob du den Drachen zertrittst? Vorerst erstarrst du nur geöffneten Mundes, die Magd zieht mich an sich und hält mir die Ohren zu, ich aber entwinde mich, Kunde muß ich geben, ich höre und wende mich ab, hier wohnt kein Gott.

Wieder zu Hause, baue ich mir ein Zelt aus Leintuch und Tisch, dort wohne ich tagelang, verstecke mich vor ihren Augen, Schweigen durchdringt uns; von Zeit zu Zeit reißt ein Flüstern mich aus der Stille, Drohungen in höchster Not, zischend ausgestoßen:

Ins Verderben mögen sie stürzen, verflucht seien die Widersacher, verschwindet, fahrt zur Hölle, zur Hölle mit euch, laßt ab von uns, hinaus! Dunkel umgibt uns Tag und Nacht, ich lese beim Licht der Taschenlampe in meinem Zelt, lese und schlafe in meinem Zelt, der Hunger verläßt mich von Tag zu Tag mehr, jedes Flüstern zuckt durch den Raum und ich zucke mit jedem Flüstern, düster ist es geworden. Ich presse mich an meinen Grizzly, presse meine Augen auf seine harte Holzwollenbrust, müde sind sie vom Lesen, wieder reite ich *Dem Vater grausets, er reitet geschwind,* nein, kein Vater ist da, den hat sie vor Zeiten schon verflucht, ich reite allein, sprenge hinaus aus dem Dunkel auf meinem Rappen, ich fliege durch die Luft wie ein Pfeil, bin so weit in der Ferne, bis mich kein zischendes Flüstern mehr trifft.

Eine Woche verbringe ich bereits in meinem Zelt, eine Woche dauern die Verwünschungen an, die Abwesenheit, das letzte Öl ist auf das letzte Brot getropft, Butter gibt es schon lange nicht mehr, das Wasser darf nicht getrunken werden, vergiftet ist die ganze Welt, vergiftet und verwünscht, verflucht und zersetzt. Ich bleibe der Schule fern, sehr fern sogar, die Bücher aus der Bibliothek sind ausgelesen und abgeschnitten sind wir von draußen, keine Hoffnung auf neue Bücher und Essen. Ohne Bücher kann ich nicht schlafen, atmen, sein, ohne Bücher ersticke ich, gehe verloren, verliere mich, ohne Bücher verhungere, verdurste, verschwinde ich. Meine Rettung ist ein altes Märchenbuch, verschmäht seit sie mir vorlas daraus, denn Indianer bin ich, ernsthafter Held am Lagerfeuer, weit von Kindereien entfernt, doch Andersen lädt mich ein, wieder heule ich mit der Meerjungfrau, die so traurig schwieg, das Mädchen mit den Schwefelhölzchen liegt draußen im Schnee und ich kann es nicht retten, die Schneekönigin greift mit ihrer Eishand auch nach mir, in ihrem Eispalast sitze ich und mich friert ganz fürchterlich, da läutet es, die Sprechanlage, sie fragt, wer draußen sei, eine Verwandte eilt die Stiege herauf, an der Hand ein weinendes junges Wesen mit seidenlangem Haar. Kleine Speicheltröpfchen verspritzend brüllt sie dir ins Gesicht, du Hure habest schuld am ganzen Ungemach, ihrer Tochter seist du sündiges Vorbild gewesen, nun habe die in ihrem Bauch ein vaterloses Balg, du knallst der roten, schreienden, geifernden Furie die Tür vor der Nase zu und siehst mich an. Du holst dein Rosenkranzetui, Rex ist dir eingefallen, wir seien in großer Not, eine Alte greife nach dir und wolle dich vernichten, es sei schon alles vorbereitet, Geleitschutz benötigest du auf all deinen Wegen.

Wieder in der Schule ducke ich mich hinter den Rükken der anderen, denn ich weiß nichts, kann nichts, hab' nichts, meine quadratischen Topflappen für Mädchenhandarbeit sind unfertig, rautenförmig verzogen und schmutzigweiß, neun mal neun ist neunzig weniger neun auf meinen Fingern, ich habe deren zu wenig, um das große Einmaleins zu zählen und Breite mal Höhe ist bei der Klassenarbeit Nicht Genügend, eine vertraute Gewohnheit ist das Gelächter der Klasse über meine mathematischen Eseleien, Nikolaus und Christkind frequentieren den Religionsunterricht, ich gehe schmählich baden mit Kohelet, meine Schrift ein Skandal, meine Aufsätze unverständlich, realitätsfern und unleserlich. Einzig die Balladen deklamiere ich dramatisch und stolz, was gefällt, bis mich Rückert verführt: *Ich bin der Welt abhanden gekommen,* unpassend für ein Kind nennt man mein Rauschgedicht pikiert und unterbricht mich bei: *Denn wirklich bin ich gestorben der Welt*, aber die Brück' am Tay, die bricht entzwei …

Ich weiß nicht mehr, wie man mit Kindern spricht, Niemandsland umgibt mich, darum schweige ich und sitze in der letzten Bank; das Schuljahr begann mit dem köstlichen Geruch frischer Schreibutensilien, neben mir will niemand mehr sitzen. Ich singe aus voller Kehle *Freut euch des Lebens,* die Melodie trägt mich in sonnendurchflutete Prärien, ich brumme wie ein Bär, ich möge schweigen, meint die Braut Christi, wieder rotze ich auf den Bösendorfer, aber sehr heimlich, fröhliche Stimmen rund um mich, ich steige auf mein Pferd und plötzlich erscheinst du und holst mich aus dem Unterricht, hast du gewußt, daß mich die Scham über meine mißglückte Stimme zerfrißt? Nein, wir machen die Arbeitsamtstour. Wir sitzen im Flur eine Stunde lang, im Büro gibt es wenige Worte, wie du die Haltung bewahrst, Mutter! Wir sind in der Notstandskartei, wir stehen in großer Not, welch phantastische Not, die mich zur hungrigen Adeptin von Indianertugenden macht, ach wie ich reite und singe und ewige Freundschaft schwöre allen für die Freiheit sich in die Winde ausstreuenden Schattengestalten. Von nun an, sagt der Beamte, müssen wir das Geld persönlich abholen, jeden Monat in einer Schlange warten auf die Scheine, die, zu Speisen gemacht, im Abfall verschwinden.

Nikolaus der Kinderfreund, auch ich will etwas von ihm haben, mein Wunsch ist legitim, denn er gab vor allem, das hörten wir von einer bitterbösen Christusbraut, den armen und notleidenden Kindern, und wir sind ständig in großer Not, meldest du Rex, möge Rex mir einen Schokolade-Glitzer-Nikolaus verehren, wer immer Rex auch sei. Mein Begehren bringe ich dir zehnmal vor, daß du mich ja nicht überhörst, Rex sei nicht zuständig für Schokoladenikoläuse, gibst du mir zu verstehen, für mich existiert kein Rex, nicht willens bin ich, diesem Spuk zu folgen.

Anstelle eines Schokoladenikolauses bekommen wir beim Bischof Audienz und Tage zuvor schon wüte ich entsetzlich, ein Monster hast du geboren, das steht stocksteif auf dem Perserteppich und zählt die roten

Rauten, auf die Knie willst du mich holen vor dem alten Mann im farbverbrämten Kittel, seinen Ring soll ich ihm kniend küssen, du ziehst und zerrst an mir, ich aber bin zur Salzsäule erstarrt und blicke mürrisch vom Perserteppich zum Ebenholzschreibtisch (so schwarz war Schneewittchens Haar), vom Schreibtisch zur Tür. Niemals werde ich auf Knien Ringe küssen, du bringst deine Nöte vor, man wolle dich vernichten und mich dir entreißen, man wolle dich vergiften und mich von dir trennen, an meinen aufgetrennten Topflappen denke ich und schäme mich ganz fürchterlich mit dir. Der alte Mann in seinem samten-roten Polstersessel sieht dich an und nickt von Zeit zu Zeit verstehend mit dem Kopf, er sieht dich an, als wärest du Abkömmlingin einer fremden Galaxie, doch ist er sich stolz seiner Würde bewußt und verliert nicht ein Wort, er schweigt sich aus, als wären wir nicht ansprechenswert; du bittest ihn, dir beizustehen, er nickt und schweigt, du redest dich in Wut, hoheitsvoll winkt er ab, du folgst der Geste wie ein Hund dem Herrn, ich sehe sehr viel Rot und koche bald schon über, wütend unterbreche ich dich – Können wir nicht endlich gehen? Der alte Mann nimmt meine Worte als Heiligengeistesblitz und erhebt seine Stimme – Wir werden für Sie beten und nun empfangen Sie unseren Segen –, wieder kniest du nieder und zerrst zornig an mir, doch ich bin eine Salzsäule und knalle mir das Kreuz auf Stirn und Brust, die Bewegung meiner Hand erinnert mich daran, daß man so ähnlich auch den Vogel zeigen kann und ich rausche kichernd zur Tür hinaus. Draußen platzt aus mir das Gelächter und läßt die Gemäuer hallen, der Cerberus vor der Bischofstür, eine stattliche Christusbraut, schaut mich giftig an, ich zerbiege mich vor Lachen die Treppe hinab und du bist ganz bleich vor Schreck, einen Wechselbalg hast du dir in dein Leben geholt. Besänftigung haben wir verdient, Punschkrapfen, hungrig in einem Café verschlungen, ersetzen uns den Nikolaus.

Reichlich fällt der Schnee in diesem Jahr, sie fühlt sich von Rex und dem Bischof beschützt, oft spricht sie ins Etui, Meldungen aus unserem Leben, wir existieren noch, ich entkomme ihrer Hand und laufe, laufe in die Flocken, *Es treibt der Wind im Winterwalde die Flockenherde wie ein Hirt,* geöffneten Auges, Mundes, lachend laufe ich, zergehende Flocken auf der Zunge, Köstlichkeit der befreiten Hand, die Arme werfe ich dem Schnee entgegen und schon reite ich über die weiten Schneeflächen des Nordens, wir werden den Winter überstehen und nicht Hungers sterben wie die Naskapi, die der Schnee auf halbem Weg in ihre Wintergründe überraschte, wir werden leben.

Jeden Tag wandere ich aus privatem Kriegsgebiet durch Minenfelder in lautes Kinderstimmengewirr, dem ich schweigend lausche und hingegeben. Mein Schuljahr strukturiert auch die Zeit im Orkus und ich beginne zu träumen von Äpfeln, Nüssen, Pfefferkuchen, zwei Wochen schon schwirren Weihnachtswünsche durchs Klassenzimmer, Armutsidylle nur in Bethlehems Stall, die Christusbraut wendet die glänzenden Augen gen Himmel, das Jesuskindlein ist unterwegs, meine Topflappen für eine sorgende, kochende, fröhliche Mutter, wie sie in aller Munde süße Weihnachtswunder schon fabriziert und Geschenklisten durchgeht, dem Vater die Zeitung vor die Nase legt und dem Kind übers Haar streicht vorm Schlafengehen, diese praktischen Topflappen sind lang noch nicht einsatzbereit. Ich wünsche mir ein rotes Kleid. Und Silberpfeil den Comic-Helden im Sammelband. *Tauet Himmel den Gerechten!* tönt der Schulchor zur Weihnachtsfeier, heimlich töne auch ich für mich und du taust neben mir, sollte noch ein Wunder geschehen? Ein Tannenbaum muß her und all die süßen Köstlichkeiten, nichts davon vergiftet, die Krippe eine Baumwurzel mit Moos gepolstert, in die ich steigen möchte als schwarzer König aus dem Morgenland oder als Verkündigungsengel, du richtest uns ein Wunder ein! Und in deinen Augen die Kerzen, du wirst Kind und erzählst mir die ganze Nacht von der Riesen-Krippe und den meterhohen Tannenbäumen jedes Jahr in deinem Elternhaus. Freilich wurde dort kniend vor den weihnachtlichen Sinnesbetörungen Stunde um Stunde gebetet, Rosenkränze glitten durch Finger, bis den Kindern die Augen zufielen und du erzählst und erzählst, bist ein überlaufendes Gefäß, bis mir die Augen zufallen und ich mich sinken lasse im roten Kleid. Spät erwache ich, du schläfst, Zentimeter für Zentimeter ziehe ich unter deinen Beinen das große Weihnachtsbuch hervor, dein Strahlenschutz hat nun eine undichte Stelle, ich brauche aber Rilke, Timmermans und Storm und wie sie alle heißen, Tibor Dérys Tieren von Bethlehem hast du im Schlaf eine Seite entrissen, die liegt noch unter dir; mit meiner Beute ziehe ich ins Bad, öffne die Jalousie, lege mich in die leere Badewanne und bin der Welt abhanden gekommen. Bald gehen mir die Seiten aus und dir die Weihnachtsamnestie, die Welt ist wieder vergiftet und verseucht. Ich werde krank, du verbietest mir die Lebkuchen der Nachbarin, ich werde krank und sehe im Fieber das Zimmer von Schmetterlingen gefüllt, ein Puma prescht durchs Gehölz und du stehst starr vor mir und stürzt plötzlich die Berge hinab, aber Mutter, das wollte ich nicht und brülle und schreie, das wollte ich nicht und knüpfe dir ein Netz, das fängt dich auf ganz sacht, dann stürze ich und es wird still, so still wie nie noch zuvor, dann taucht Mozart aus der Finsternis *In diesen heil'gen Hallen kennt man die Rache nicht,* da spüre ich Eis in meinen Beinen und es wird wieder still. Tage und Nächte ziehen düster vorbei und dann läutet es an der Tür und ich höre dich sagen: Wir öffnen nicht!, doch es läutet wieder, die Post ist da, zwei verspätete Weihnachtspakete schleppst du mir ans Bett, ich betrachte glücklich die Marken und ihre Farbe, wer denkt noch an uns.

Du schneidest mit dem großen Messer, von Hand geschmiedet und schon sehr alt, die Schnüre entzwei, ungeduldig reiße ich am Papier, soviel Weihnachtspapier, so viele Sterne und Bethlehem, Bücher und Früchtebrot, Bücher und Früchtebrot und Kerzen, ich bitte dich, sie anzuzünden, früh wird es dunkel, ich lese zum Knistern des Dochts, der Vater hat mir Cooper und das Nibelungenlied geschickt. Das Früchtebrot reiße ich wütend an mich, bevor du ihm Gift nachsagen kannst, du betrachtest mich von der Seite und sprichst in dein Etui, nichts hören und Cooper lesen, nichts hören als das Knistern des Dochts, als das Knistern des Lagerfeuers, geräuschlos durch die Wälder pirschen und schweigen, tagelang schweigen, ohne ein Wort zu entbehren. Schließlich naht die Neujahrsnacht, der Lärm ist groß und ich will die farbensprühenden Lichter sehen, will ans Fenster, du schaltest das Radio ein und befiehlst mir, still zu sein, ich spreche ohnehin nicht, persönliche Überlebensmeldungen empfängst du neuerdings über den alten wuchtigen Radioapparat. Aus der Neujahrsansprache des Präsidenten entnimmst du, daß uns in dieser Nacht nichts Böses droht, doch wir mögen uns vorsehen, Gefahren lauern schon bald; Bücher legst du dir aufgeschlagen wie jeden Abend ins Bett und schläfst bald ein, ich denke an den Präsidenten, der uns nicht kennt, an die zerrissenen Bücher unter dir und die Seiten, die einfach verlorengehen, an die Lebkuchen der Nachbarin, die du mir aus den Händen gerissen hast, an den Vater, der mich nicht entführt, an die Sonnenstrahlen, die wärmen, und die Mond- und Sternstrahlen, die durch die Jalousieritzen dringen, und wende mich zur Wand.

An manchen ganz und gar glücklichen Nachmittagen sitzen wir still, jede in ihre Ecke gedrückt, und lassen uns hinausführen aus dem Orkus in die Musik. Du wirst ruhig zur Zauberflöte, nichts Böses sucht dich heim, keine Bedrohung erreicht dich, und ich gleite in Mahlers Sinfonien und möchte nicht mehr zurück. *Selig sind die Verfolgung leiden* verspricht Kienzls Evangelimann, ich mutmaße, daß dein Lebensprogramm aus der Bergpredigt stammt, denn böse intonierst du ewig denselben Satz, *Selig sind die Verfolgung leiden*, deine Stimme hallt wie von Racheengeln getragen und wild ballst du die Faust gegen die Wand, du die Gerechte, du die Erbin des Himmelreichs. *Mein ist die Rache, spricht Gott*, versicherst du in haßerfülltem Ton mindestens einmal pro Tag.

Zwischen Weihnachten und Ostern verwandelt sich Jesus in halsbrecherischer Eile von Tibor Dérys sympathischem Krippenknaben zum Schmerzensmann, mir wird übel bei den minutiösen Geißelschilderungen der Christusbraut, mir wird so übel, sie glaubt mir nicht und befiehlt mir, sitzen zu bleiben, selig lächelnd schreitet sie durch die Reihen, Jesus hängt die Haut schon in Fetzen herab, die Dornenkrone sitzt ihm tief im Fleisch, da kotze ich ihr vor die Füße. Krankheitshalber werde ich mit dir nach Hause geschickt, denn seit Tagen stehst du wieder in jeder Pause vor der Klassentür, um der Kindesentführung zuvorzukommen, die mein Vater seit Ewigkeiten plant.

Am Nachmittag jagt sie mit mir durch die Stadt auf der Suche nach einem Lebensmittelgeschäft, in dem sie noch keine Schulden drücken, das Bankkonto ist gesperrt, stundenlang streunen wir um die Läden herum, bis ihr Rex aus dem Etui meldet, wo noch gefahrlos zu kaufen sei, sie läßt mich keine fremde Toilette aufsuchen, bald bin ich nur mehr ein verzweifelt zusammengekniffenes Etwas, wir seien bald zu Hause, das hielte ich doch aus. Auf dem Heimweg jedoch geschieht zur Krönung des Tages mein zweites Malheur, ich pinkle mich an und rotze böse vor mich hin, die nassen Strümpfe reiben mir die Beine auf, die ganze himmlische Versammlung mit ihren verfolgten Vorzugskindern wird mir bald die Nerven zerreißen, selig die Weinenden, denn sie werden getröstet – von Karl May.

Mittlerweile habe ich auch Donald Duck und das Lachen entdeckt; sie betrachtet meine angepinkelten, aufgeriebenen brennenden Knieinnenseiten, an meinen Körperöffnungen sind die Dämme gebrochen, ich rotze noch immer beschämt vor mich hin und nütze die Gunst der Stunde, einen Walt-Disney-Comic für die ausgestandenen Qualen finde ich gerecht, sie geht mit dem letzten Geld in den Laden nebenan und bringt mir die Beute, ich liege im Bad und kichere zur Lektüre, ein ziemlich neuer Ton im Orkus, während sie am Radio klebt und jedes Wort aufsaugt, um weitere Verhaltensanweisungen zu empfangen.

Ein noch vor Ostern herannahender Wirbelwind verändert unser vor allem aus mir unsichtbaren Gestalten bestehendes Beziehungsgeflecht mit energischem Schwung: ihre ehemals beste Freundin kehrt, von Malaria vertrieben, aus der Indianermission zurück und bringt Erinnerungen, Bilder, die portugiesische Sprache, eine Hängematte und eine Federkrone mit. Hingerissen lausche ich dem portugiesischen Klang, *Pai nosso que estais no céu* ... Eine bittere Enttäuschung ist mir der Umstand, daß die Indianer unsere alte verwaschene Kleidung tragen, anstatt im Ledergewand und zu Pferd in die Freiheit zu reiten, sie lassen sich in Dörfern zusammentreiben und beten angeblich nicht mehr zur Sonne noch zu Manitou, Kolumbus' Expedition beginnt mich zu interessieren, geteert und gefedert hätte ich ihn. Die Hängematte darf ich in besonderen Momenten benützen, zum Beispiel vor der Oster-Auferstehungsfeier, während die Freundin in Krieg und Verfolgung in unserer Stadt eingeweiht wird. Kopfschüttelnd und befremdet, aber zielbewußt, fegt sie uns in die Kirche zur gemeinsamen Osterfreude, mich freut vor allem die Aussicht auf die gemeinsame Jause danach, leidenschaftlich hänge ich an ihrem Lachen, in kleinen Explosionen reißt es die Versteinerung auf.

In der Kirche befällt mich die Idee, ich müsse außer Indianerbefreiungsheldin auch noch eine Heilige wie Teresa de Avila werden, deren mystische Nächte aufgereiht ober unserem Schreibtisch stehen, so warte ich, daß mir ein Gott oder Maria erscheint und versenke mich ganz in das zu Geschehende; durch die zugekniffenen Augenschlitze erglänzt jede einzelne Kerze in tausend Strahlen, doch diesen Trick kenne ich schon von früher, weder fliegt die Monstranz auf mich zu noch erglüht ober meinem Haupt die Feuerzunge des Heiligen Geistes, völlig unspektakulär läuft die kirchliche Ostergala ab, Weihrauchschwaden und Lichtgepränge, nicht enden wollende Litaneien und ich werde nicht aufgrund von auserkorener Heiligkeit der Schule fernbleiben für immer und meine Schritte lenken, wohin ich will. Vorerst gebe ich mich also wieder mit Indianergeschichten zufrieden und stehe beim abendlichen Abschied von der neuen Vertrauten vor ihrer Federkrone, fast hypnotisiere ich das begehrte Stück, doch auch dies fliegt mir nicht auf den Kopf und niemand begreift, daß es eigentlich mir tapferer Kriegerin gebührt.

Einem Belagerungszustand gleicht in nächster Zeit unsere nachmittägliche Daueranwesenheit im gastlichen Haus der Freundin und zusehends vergeht ihr das Lachen dabei, doch entschieden nimmt sie sich, hält sie sich, reißt sich zusammen, Zorn glüht in ihren Augen zur wiederholten Schilderung geplanter Kindesentführung, aber immer noch befiehlt sie mit ganzer Kraft ihren vibrierenden Nerven die Ruhe. Dynamit liegt in ihr, während sie mir lächelnd den Kuchen serviert und Saint-Exupérys Prinzen in die Hängematte legt. Ausquartiert werde ich aus der Küche, in der sich während unserer Anwesenheit Tod und Teufel, Verfolgung, Not und Pein einnisten; zur glücklichen Hängemattendauerbenützerin bin ich innerhalb einer Woche avanciert. Ich koste nun sonnendurchflutete Tage, immer bemüht, der Wirbelwindartigen zusätzlich noch ein Lachen zu entreißen. Auf der Quena, der indianischen Bambusflöte, pfeife ich durch die Wohnung, pflanze mich vor ihr auf und überschütte sie in zündholzschwarzer Kriegsbemalung mit unverständlichem Kauderwelsch, Häuptling Weiße Feder bin ich. Du lehnst im Hintergrund und umklammerst dein Etui. Eines Nachmittags aber geht die Ladung hoch. An der Tür schon weht uns ein kaltes: Ihr seid es! entgegen, sie lächelt mir kaum zurück, doch ich fließe über vor Mitteilungsdrang, Schillers Handschuh habe ich mit großem Erfolg vorgetragen, noch ist mir, als knallte ich Kunigunde den Handschuh ins Gesicht; keine Reaktion, ich werde ins Wohnzimmer geschoben und sitze am Rand der Hängematte, was habe ich angestellt, ist die Quena, die indianische Flöte, defekt oder Exupéry mit Schokolade beschmiert, erregten Wortwechsel höre ich aus Küche, schleiche mich zur Tür und öffne sie einen Spalt, es geht um Rex, den Hunger und meines Vaters ewig ergebnislose Entführungskunst, sie lüge, schreit ihr die ehemals beste Freundin in die Ohren, sie setze die Gesundheit ihres Kindes und ihrer Nächsten aufs Spiel, sie sei ..., was weiß ich, ich schniefe die Hängematte an. Laut hämmern deine Absätze übers Parkett mir entgegen, würdevoll und empört holst du mich aus dem Schaukeln heraus und schon knallt die Tür hinter uns.

Nach der Schule führt unser Weg nun wieder in den Orkus. Kaum ist die Tür abgeschlossen wird das alte Radiogerät aufgewärmt, sein grüngelbes, magisches Auge, Katzenauge, verspricht wieder Meldungen, Überlebensstrategien, Warnungen; ganze Nachmittage Radiolärm, verdunkelte Sonne.
GEHEN BEI GRÜNEM LICHT WEITERGEHEN
DENK DARAN SOLANGE ES ZEIT IST
DU KANNST ES NICHT MIT DIR NEHMEN
WEITERGEHEN SCHNELLER SCHLAFEN
SCHNELLER TRÄUMEN MIT UNS
WOLKENBRÜCHE NIEDERSCHLÄGE SCHNELLER
ERDBEBEN LEICHTER SICHERER
BEI GRÜNEM LICHT DENK DARAN
VORSICHT VOR DER ROTEN UND BRAUNEN
DER SCHWARZEN UND GELBEN GEFAHR
WAS SOLLEN SICH UNSRE MÖRDER DENKEN

DU KANNST ES NICHT HALT!
BEI ROTEM LICHT STEHENBLEIBEN!
schnarrt es monoton aus dem Gerät, Ingeborg Bachmann heißt die Verfasserin dieser Worte, die dich erstarren lassen, sie soll auch in unserer Stadt gelebt haben, und ich warte darauf, ihr zu begegnen, erkennen werde ich sie sofort, denn sie schlafwandelt im Magiermantel durch unsere Tage.

Am nächsten Morgen werde ich trotz Protest fünfzig Meter vor der Ampel über die Durchgangsstraße gezerrt, quietschende Autoreifen und die Motorhaube vor meinem Bauch und ähnliches ab nun jeden Tag. Ob du im geheimen Einverständnis mit der Magierin die Ampeln meidest und mich darum vor die Reifen reißt …

Samstage, Sonntage, ganz eingeschlossen im Mikrokosmos, spielen möchte ich mit anderen Kindern im Sand dort draußen, wo die Frühlingssonne die kalten Finger wärmt und das Laufen und Lachen die Stille zerreißt. Sie gibt nach und zieht mich an der Hand in die Natur, an der Hand, immer an der Hand; am Spielplatz ein weiter Kreis Niemandsland um uns, Demarkationslinie, ein paar Meter Distanz, sie spricht ins Etui, ich reiße mich los und laufe auf die Turngeräte und Kinder zu, lachend, da trifft mich Sand in die Augen, erbost pfeifen Eltern ihre Söhne und Töchter zurück, ich stehe allein an der Rutsche, niemand, der sie mir streitig macht. Langsam entvölkert sich der Spielplatz, sie spricht nun zu sich selbst und zuckt mit dem Kopf wütend zur Seite in einem Rhythmus, den nur sie kennt. Hunger beginnt sich wieder zu regen und frißt sich stetig weiter ins Gedärm, Monatsende, langsam knicke ich ein in der Mitte, Hunger und Übelkeit, Atemringen, der Magen krampft und brüllt zornig auf, die Fäuste krampfen, im Schädel breitet sich Watte aus, Watte bremst die Gedanken, die Stirn fällt auf die Knie, so köpfle ich in den Sand. Sie reißt mich heraus und ich schreie ihr *Hunger!* ins Gesicht, zitternd vor Zorn. Sie holt ein Marmeladeglas aus der Tasche, Reste von Hagebuttenbrotaufstrich mit Wasser verdünnt, gierig getrunken, unzählige kleine Härchen haken sich am Gaumen fest, Illusion von Essen.

Nächsten Tags holen wir ein Paket ab, Nahrungsmittel, von ihrer Schwester der Bäurin geschickt, Mehl, Zucker, Reis und ein großer Laib Brot, sie sieht ihn und reißt die Bescherung auf den Boden, Mehl und Zucker platzen auf, das Brot rollt mir vor die Füße. Noch ehe ich es aufheben kann, hat sie es gefaßt und in den Mülleimer gedonnert und tritt mit dem Fuß auf den Deckel, da ich ihn öffnen will. Auf diesem Brot war eine gelbe Marke, sagt sie, *Vorsicht vor der roten und braunen / der schwarzen und gelben Gefahr*, in diesem Brot lauert die gelbe Gefahr, man will uns vergiften. Welch ein Argument, von der Magierin gesandt, was vermag der Hunger gegen zwei, die heimlich Zeichen tauschen. Anstelle von Brot werden mit Zucker geröstete Kamillen gegessen, das ist gesund und ohne Gift.

In einen Katastrophenfrühling münden wir ein. Ohne Vorwarnung löst sich plötzlich das Reich meines Atmens auf, liegen meine Gefährten und Lehrmeister vor mir im Staub auf einem Haufen, Bücher, durcheinandergeworfen, Deckel ineinander verkeilt, abblätternde Rücken, intensiver Geruch nach altem Papier, köstlicher Geruch, Lebensaroma, Duft, der von draußen erzählt, Freiheit, bist du zwischen den Seiten? Ich reiße an mich, was ich retten kann, schwer schleppe ich an den Restbeständen aus der Bibliothek, die für immer schließt, und schniefe nachts verzweifelt den Grizzly an in Gedanken an den verbleibenden Haufen, der eingestampft wird und an das Ende meiner Schleichwege aus dem Orkus. Verschlossen ist er nun nach allen Seiten, wir fahren dem Abgrund entgegen auf dem düsteren Floß, nirgendwo türmen sich Bücher auf und versperren den Weg. Noch liegt ein Fundus bereit, mir aus mancher Ecke die Hand entgegenzustrecken, jedes Buch eine starke Hand, die bremst auf dem Weg in die Tiefe, langsam zu lesen muß ich lernen.

Und vor der Tür steht an einem sonnendurchfluteten Tag eine weitere Katastrophe. Monatelang hingen

Rechnung, Mahnungen und zuletzt die Gerichtsvorladung der Klempnerfirma, die den Boiler in ergebnisloser Arbeit hatte, auf einem Nagel ober der Wasserleitung, jetzt ist das vom Klempner versprochene Nachspiel da.

Ein bebrillter, rotnasiger Mensch, dürr wie die sieben Hungerjahre, verlangt Einlaß und stellt seinen Fuß in die Tür, die du ihm zuknallen willst, er lacht auf, nein, Einlaß fordert er, nötigenfalls mit Gewalt, deine Lippen färben sich blau, er beäugt die Wohnung, keine Fundgrube für Kostbarkeiten, du stehst starr, einen Pfahl im Rückgrat, die Finger steif nach unten gespreizt, atmest schwer, er grinst, hier gäbe es nichts zu holen, klebt den Republiksvogel auf Radio und Plattenspieler, wendet sich grinsend zum Gehen und knallt die Tür hinter sich zu. Du stehst steif, kein Wort kommt aus dir, kein Wort aus mir, dies war nicht die letzte Vorstellung, einige Zeit später steht er wieder vor der Tür. Vor seinem zweiten Erscheinen jedoch hast du mit Rex Rücksprache gehalten, deinen Stolz besiegt und dich schließlich an die Gräfin Donnerburg gewendet, die du von vorzeiten kennst, sie möge uns in dieser Lage zur Seite stehen, Hilfe leisten, Geld leihen; die Gräfin hört sich deinen heiseren Sermon an, nickt, geht, kommt Tage später wieder mit zwei Stoffresten riesigen Ausmaßes, Kleider könne man schneidern mit etwas Geschick aus diesen festen Stoffen, das sei alles, was sie für dich machen kann.

Du gibst noch nicht auf, fragst eine andere noble Dame, ebenfalls von vorzeiten bekannt, sie sieht uns an wie Eis, bedeutet uns, an der Tür zu warten und schickt die gestriegelte Zofe, uns höflich-bestimmt die Tür zu weisen. Somit ist der Verbleib von Radio und Plattenspieler entschieden, stumm läßt du den Gerichtsvollzieher eintreten, stumm verfolgen wir, wie er die Geräte ins Dienstauto bringt, kurz grüßt und geht. Keine Meldungen von draußen für dich, keine Musik für mich, Stille ist eingekehrt, bis du ein winziges Transistorradio erstehst.

In der Schule laufen keine neuen Schauergeschichten vom Weltenerlöser, das Volk Israel und sein Auszug aus Ägypten bereiten in Zeiten ohne fixen Christenfahrplan ein farbenprächtiges Schauspiel, das Manna zergeht mir in Gedanken auf der Zunge, Manner-Schnitten, welche Köstlichkeit, der zürnende Psalmengott bewies Geschmack in Zeiten der Not.

Dann kommt Ruth in die Klasse, eine neue Schülerin, Ruth, welch phantastischer Name, der klingt wie ein ins Ziel zischender Pfeil in der Nacht. Sie setzt sich neben mich, vor Staunen bringe ich den Mund nicht auf, der schönste Name der Klasse, zarte Schönheit neben mir, kein Grußwort richte ich an sie, tausend Willkommen pochen mir gegen die Schläfen, ich krieche in mich, schiele auf ihre Hände und ziehe meine dicklichen Pfoten ein, unter die Bank rast mein Herz, da stößt sie mich an und fragt flüsternd nach meinem Namen, in diesem Moment steht die Mathematik-Braut Christi vor der Bank. Sie hebt zur offiziellen Begrüßung an und stellt bedauernd fest, daß nur noch in der letzten Reihe ein Platz frei sei, aber die Mär von der Eselsbank werde Ruths Fleiß hoffentlich keinen Abbruch tun; Ruth flüstert: Blöde Kuh! und fragt mich erneut nach dem Namen, den ich nun endlich grinsend hervorbringen kann.

Tagelang warte ich auf die nächste Katastrophe dieses Frühlings, doch Ruth weicht nicht von meiner Seite, längst hat sie den Schweigebereich um mich bemerkt, längst schon fiel die Frage, ob es ihr neben mir gefalle, schon riß sie mich lachend in den innersten Kreis, den harten Kern der Klasse, rief: Ja, es gefällt mir! und äffte die Frage nach. Blitzschnell ist sie in allem, wendig und ungezähmt. Schon schlägt sie mir auch vor, gemeinsam zu lernen, bei ihr sei es nicht möglich, meine Mutter habe doch nichts einzuwenden?

Nun ist es soweit. Wie flieht man, entwischt, entkommt, entzieht sich drohender Gefahr, was sagt man in solcher Situation, zu lange überlege ich dem sprühenden Bündel vor mir und sie beschließt den Zeitpunkt unserer Lernaktion, ich möge die Mutter fragen, sie käme doch jeden Tag in die Schule. Und als sie dann vor der Klassentür steht, rennt Ruth auf sie zu und überrascht sie mit ihrem Entschluß. Die Sache ist gelaufen, Ruth kennt keine Zügel und schon sitzen wir einträchtig am Tisch, der auf ihren Wunsch hin am Fenster steht. Aber man müsse die Jalousien öffnen des Lichtes wegen und bei Radiolärm könne sie sich nicht konzentrieren, bitte, ein Butterbrot und vielleicht einen Saft, ihre Mutter koche zu Mittag, ja, sie nähme auch gern Brot mit Öl, ob das besser sei. Du läßt die Jalousie krachend nach kurzer glücklicher Helligkeit wieder herab, Ruth schreckt hoch, warum ich nicht esse, fragt sie schon alarmiert, aus der Ecke sagst du scharf, wir mögen spielen im Hof, Ruth wendet ein, wir haben die Übung noch nicht beendet, das mache nichts, du begleitest uns und überwachst in einiger Entfernung düsteren Blicks jede Bewegung, Ruth bohrt ihre Hände tief in die Taschen, zieht die Schultern hoch und sieht mich fragend an. Zur Tortur wird die Stunde, bis Ruths Mutter kommt, Ruth verstummt und wartet die letzten zehn Minuten bekleidet an der Tür.

Leer ist unsere Bank nicht am nächsten Morgen, immer noch sitzt sie neben mir, aber verheult. Ihre Mutter habe ihr den Umgang mit mir untersagt, sie habe nicht alles erzählt, doch die Mutter habe in der Schule angerufen und nun sei ihr jeglicher Umgang mit mir untersagt; schon kommt auch eine Braut Christi, überwacht den Transport einer neuen Schulbank in die Klasse und weist sie Ruth zu. Nein! schreit der kleine Springball neben mir und schnellt hoch, Tränen rinnen über ihr wutverzerrtes, rotfleckiges Gesicht, nie werde sie sich dorthin setzen, niemals, nie, sie ballt die Fäuste gegen die Bank und wird in die Ecke gezerrt, Strafe steht sie eine Stunde und sitzt letzten Endes wieder neben mir.

Meine schöne Freundin wird fortan geschnitten, eine Verrückte, die sich mit Verrückten einläßt, impulsiv und furchtlos, unruhig wetzt sie am Sitz hin und her, mit Kenntnis bis obenhin angefüllt, wie der ins Ziel zischende Pfeil kommen ihre Antworten, ein reiches Füllhorn des Wissens sitzt neben mir, von den Bräuten Christi ständig gerügt für ihre vorlaute Klugschwätzerei, ständig gehöhnt von der Klasse ihrer stummen Idiotenfreundin wegen; die aber sitzt verzweifelt selig in den Sessel gedrückt, Lachen und Weinen eins, gibt es doch Worte hinaus aus dem Orkus und helles Lachen, machen sich doch die Worte auf, ungelenk, scheu, zögernd erst, mutiger dann hin zu Ohren die hören, begierig jedes Rauschgedicht hören, in den Pausen Andersens Märchen und Indianerbräuche in Kurzfassung hören, Erfundenes hören, die hören, hören, hören und Worte kommen zurück, Fragen über Fragen, unersättlich ist Ruth, ihren Geschichtenhunger zu stillen fällt mir leicht, habe ich doch von Büchern und Phantasie gelebt, ich kenne mich selbst nicht mehr, heraus schreite ich während der letzten beiden Schulmonate aus einer versunkenen Stadt.

Dann ist alles aus.
Ruth wird in eine andere Schule gehen.

Schlecht steht es um mein Zeugnis. Am Zeugnistag wird mir der Wisch verweigert, da die unentschuldigte Fehlstundenzahl jedes tolerierbare Maß übersteigt. Du mußt nächsten Tags die Direktorin bemühen, ich schlafe die ganze Nacht nicht vor Angst, man verurteile mich nun zu stumpfer Dummheit, verweigere mir mit dem Zeugnis auch jede weitere Schule und damit den Weg aus dem Orkus, ich sehe mich bereits eingesperrt in dunkler Ecke verschwinden, ohne Sonne, Mond und Sterne ohne Tag und Lachen, ohne Bücher, rettungslos. Doch du schäumst vor Empörung, die Direktorin händigt dir das wichtige Papier ohne weitere Worte aus, froh, deinen glasähnlichen, in horizontlose Abgründe gerichteten Augen zu entkommen.

Sommer, warme Sonne und manchmal Gewitter am Nachmittag, die Hitze trocknet den Hunger aus, doch erbarmungslos auch die Zunge, den Gaumen, und das Wasser ist ungenießbar, aber Gewohnheit ist eingekehrt im Orkus, Gewohnheit an alle Verbote und Fluchtjagden durch die Stadt (an den Hunger nicht so sehr), an die Verdunklung aller Sehnsucht und Hoffnung von Licht, schönes gleißendes Licht. Der Grizzly ist schon sehr durchtränkt, reicher Salzgehalt in seiner Holzwollenbrust, du bist so starr wie immer, ich so

stumm wie vor Ruth, wir wandern die Wälder ab, das Wasser des Waldbachs, nicht vergiftet zwar, aber das Trinken ist auch hier verboten; der Luftschutzturm mit fliehenden Gestalten bemalt, Entsetzen in den Augen, das war der Krieg, sagst du, es ist noch Krieg, sagst du, das war der Krieg, Bomben hagelten vom Himmel und man mordete die Menschen, wie man uns morden will, ein Morden lag über der Welt, liegt über der Welt, Gestank nach Haß, weißt du wie der Haß riecht, fragst du, Haß riecht entsetzlich, so widerlich süß, Gestank nach Haß, der Luftschutzturm. Immer wieder kehren wir zurück in den Wald, für Sekunden ziehst du den Duft der Bäume ein und stammelst etwas von Kindsein, du Kind, schutzloses, ruheloses, ich Kind, zwar auch Kind, aber nicht in den Abgrund verkeilt wie du.
Ende Juli und du erinnerst dich an den jungen Mais, selten sitzen wir im Orkus, ich sammle Licht und lese nur nachts, ich sammle Licht, pirsche durch die Wälder und Felder, der Mais fällt mir ein, Mais gegen den Hunger der Navajos, Maisbrot gegen den Hunger, das hole ich dir. Ich, Häuptling Weiße Feder, pirsche in die Felder ober dem großen Friedhof, auf den wir hinunterblicken beim Stillen des Hungers mit jungen Maiskolben. In der Wiese sitzen wir, zu unseren Füßen das Gräberfeld, noch sind wir nicht am Verhungern, noch lange nicht reif für da unten, noch gibt es Maiskolben und bald auch die Früchte im Wald, noch weiß Häuptling Weiße Feder seinen

Stamm vor Hunger und Ungemach zu bewahren. Nicht mehr lange.

Es wird August, und eines heißen Tages reißt die Türglocke das mittägliche Schweigen entzwei, ungeduldig, laut, schrill, trommelfellpeinigend. Ein Daumen auf dem Klingelknopf, du fragst, wer draußen sei, wir öffnen nicht, die Klingel schrillt fordernd, du öffnest nicht, eine Männerstimme verlangt Einlaß, wer draußen sei, Polizei, öffnen Sie die Tür, Stimmen vor der Tür, dann eine dunklere Stimme, ruhiger, bitte die Tür aufmachen, die Polizei, bleiben Sie ruhig, du siehst mich an, dein Atem rasselt durch die Nase, deine Lippen ein blauer Spalt, deine Augen in kaltem, eiskaltem Nordpoleisentsetzen, Eis sind deine Augen geworden, Packeis, das zerbirst, du atmest holpernd, atmest gegen die Tür, Öffnen! brüllt es von draußen, oder wir brechen die Tür auf, eine Tür aus mahagonifarbenem Holz, fragiles Holz, keine Eisenleisten, keine Pechnasen, keine Pfeile, Speere und Bögen, kein Schild, Kohelet hat mich verlassen, die Psalmen, die Indianer, alles vorbei. Wir stehen vor dem fragilen Holz, du stemmst dich dagegen, dein Atem stemmt sich dagegen, du befiehlst mir, mich dagegenzustemmen, du willst den Männern die Stirn bieten, willst dem Unausweichlichen trotzen, ich sehe den Orkus verloren und bitte dich, zu öffnen, denn schlimmer kann es nur werden, wenn du dich einsperrst, wo Gewalt alles niederreißt. Reglos stehe ich im Packeis, von deinem Schnaufen in mein Alleinsein geblasen, allein sind wir jede für sich, die Tür knarrt und kracht, bricht von unten ein, gibt nach, hätte dich umgeworfen im Fallen, wenn nicht Hände von außen sie hielten, so sahen wir noch keine Tür sich öffnen, Hände von außen stellen die halb gebrochene, aus den Angeln gehobene Tür zur Seite, eine Horde Uniformierter füllt langsam die Wohnung, grüne, graue Uniformierte, ein Mann im weißen Kittel, der Arzt, was wird man mit uns tun, noch fragt man dich peinlich genau aus, du willst nun das Wasser holen, Rostwasser, um zu beweisen, einen Beweis habest du für die bösen Absichten wider dich und dein Kind, sagst du, ich renne dir nach ins Bad und beschwöre dich, das Wasser zu lassen wo es sei, Rost sei es nur, man wird dir nicht glauben, du herrschst mich an, ich möge schweigen, sonst wird man uns morden, ich bettle, flehe, laß das Wasser doch hier, man wird dir nicht glauben, Rost ... Schon kommt uns der Polizeiarzt nach ins Bad, schon ist alles, alles vertan, schon ist alles, alles zu spät, schon sinke ich in mich und bringe den Atem nicht mehr hinein noch hinaus, der Atem steht still, die kaputte Tür, durch den leeren Türstock führt man dich, rechts und links hält man dich an den Armen, grau Uniformierte mit dem roten Kreuz an der Uniform, mich zieht jemand an der Hand nach, schon ist alles zu spät, spät, was geschieht geschieht, blau deine Lippen, deine Augen Todesentsetzen, das ist kein Eis mehr, kein Nordpol, ist Todesent-

setzen in deinen Augen, ist wütendes Blut, sich aufbäumendes Blut in deinen Lippen, ist Schaum vor deinem Mund, ist Todesentsetzen. Was geschieht geschieht.
Mit dir.
Wohin.
Wohin.
Was geschieht geschieht, wohin mit dir, wohin, was geschieht, was?
Was?
Das Kind wird beruhigt; zwei Polizisten erzählen von Medikamenten, Ruhe, Arzt, Hilfe, vor allem Hilfe und keine Angst, siehst du, die Mutti wird wieder gesund, siehst du, dort kommt sie hinein, siehst du sie an der Tür? Dort wird man ihr helfen, sie heilen, bald siehst du sie wieder, siehst du sie wieder, siehst du sie wieder?

Keine Tränen mehr, ein Ring um die Brust, wo ist dieser kalte Ring her, woher, wo ist diese knochenfressende Kälte her, mitten im heißen schönen August, mitten in der Sonne, diese knochenfressende Kälte, diese aller Töne beraubte betäubende Stille, wo ist diese vollkommene Stille her, kein Wort mehr an das Ohr des Kindes, das Kind ist taub, ist stumm, ist von einem Ring umschlossen, der sich langsam enger zieht und der Atem steht im Hals, im Kehlkopf steht der Atem und will nicht mehr, wo ist diese Leere her, der Kopf ein Vakuum, schlafen möchte es im Vakuum, weit von jeder Menschenansiedlung entfernt, schlafen im Vakuum, stumm, taub, leer, eine Hülle, die nichts mehr spürt, das Kind möchte schlafen und denkt an keinen Morgen mehr.

II

Uns beiden ist hier die Luft zu schwer
Im Land voll Sturmesgetose,
Mir der Nachtigall, und noch mehr
Meiner Freundin, der Rose.
Die Ros' ist worden krank und bleich,
Und ich bin rauh geworden.
(…)

Rückert

Das Kind wird über Stiegen und durch Gänge geführt von grün Uniformierten, Stiegen, Gänge, Zimmer, Frauen wenden die Köpfe, das Kind geht, weil die Beine es tragen, es geht, geht und wird gebremst, geführt, gebremst, eine Stimme, Frauenstimme, fragt unaufhörlich, was fragt sie, was ist der Inhalt der Worte, wen fragt sie, sie fragt nach Namen, Namen, in dieser Leere, in dieser namenlosen Leere will sie Namen, wen gibt es noch, gibt es noch einen einzigen Menschen außer der Todesentsetzten zwischen den Männern, rechts und links am Arm gehalten, in die Rettung gezwungen, in die Knie gezwungen, verschwunden durch ein dunkles Tor, verschwunden, kann es noch einen einzigen Menschen geben in all dieser Leere, dieser tödlichen Stille im Hirn.

Es wird telefoniert, hektisch hin- und hergesprochen, Klingeln schellen, das Kind, wohin mit dem Kind, schließlich dämmert ein Name hoch, mehr als *sieben Jahr, trüb und klar*, die ich in der Fremde war, dort nur nicht hin! Dorthin. Es ist schon entschieden, ein schneller Entscheid. Ein Taxi, das das Kind über sieben Berge bringt. Zuvor noch einmal an den Ort des Todesentsetzens. Die Tür sitzt wieder in den Angeln, ein Riß ziert sie von unten bis in die Mitte, das Wichtigste zusammenpacken, den Grizzly und Rückert, ich bin der Welt abhanden gekommen, aber Kleidung, aber Toilettenutensilien, aber Schulbücher und Zeugnis. Das Kind zieht den zerwühlten Teppich zurecht, Häuptling Weiße Feder prangt noch an der Kasteninnentür, die Jalousien geschlossen, das rostige Wasser in den Abfluß gegossen, Tätigkeiten ohne Gedanken, nur Leere, tonlose Leere im Kopf, nicht heiß, nicht kalt, nicht laut, nicht leise, nicht hell, nicht dunkel, nur leer, so leer, im Kopf, auf der Haut, in den Ohren, keine Stimme im Kehlkopf, Zähne wie verklemmte Zangen.

Im Taxi liest es Rückert vor und zurück, wie besessen Rückert im Rhythmus, Nachtigall und Rose, Rose und Nachtigall, beißt dem Grizzly ins Ohr, draußen soll es heiß sein, soll die Sonne scheinen, soll ein schöner Tag sein, soll es noch schöner werden, soll das Kind bald spielen können, soll man es bereits erwarten in Sorge, soll man es pflegen, bis die Mutter gesund, ich bin der Welt abhanden gekommen, Nachtigall und Rose, die Ros' ist worden krank und bleich …

Am Tisch sitzen die Frau und der Mann und essen, später Nachmittag, der Mann ganz in sich gesunken und scheu, wagt das Kind kaum anzusehen, bringt seinen heiseren Gruß kaum heraus, das Kind steht vor ihm und sagt: Danke! Wofür?, daß man es aufgenommen hat. Er nickt und schiebt ihm das Brett mit feingeschnittenem Speck hin, es möge sich setzen, die Frau kann sich kaum fassen, ringt um Luft im sich überschlagenden Lauf ihrer Unmutsbekundungen über die Rose, die ist worden krank und bleich, man habe es immer schon kommen sehen, das verantwortungslose Tun. Doch schließlich fällt auch sie in Einsilbigkeit vor dem ganz und gar stumm-starren Kind und betrachtet es befremdet. Das Kind fragt, ob es hinausgehen dürfe, was es dort wolle, spielen, ja, es kann gehen. Es läuft über die Treppen, steif in den Beinen, fällt über die Treppen, schürft sich Kinn, Knie und Ellbogen auf, spürt kaum das Brennen, stolpert wie gebremst durch den großen Obstgarten den Hügeln und dem Fluß zu. Am schmutzig-braunen Wasser sitzt es Stunde um Stunde bis es dunkel wird und man die suchenden Rufe hört.

Die Frau ist allein im Haus und ungehalten, da das Kind nicht hörte beim ersten Ruf. Essen, waschen, beten, ins Bett. Während des Essens zielen die Fragen exakt, der erste Anlauf zum Verrat ist getan und es geht sich leicht auf dieser Straße, die Rosen in blütenloses, nutzloses Dornengesträuch verwandelt; leicht ist das Urteil von einer gestrengen Richterin gesprochen, die sich pflanzt auf die Seite der Gerechtigkeit. Unfug und Trug, Lügengespinst wird in Sekundenschnelle der Todesentsetzten, der Rose auf den Leib geschrieben, jedes Wort aus dem Mund des Kindes, jede Antwort liegt plötzlich im Staub und krümmt sich, herausgeraten zu sein aus hermetischer Erinnerung. Stück für Stück wird die Erinnerung geraubt, kein Mahnmal, ein Schandmal wird bereitet in der Logik der Richterin.

Das Bett steht in der Küche, das Kind liegt im Bett, an den Grizzly geklammert und hört die Frau die Erinnerung vertreiben. Starke Mittel müssen her, die Visionen des Johannes liegen am Tisch, Bibel, ja, aber keine Psalmen, trostloses prosaisches Gift ergießt sich über das Kind aus Gottes Sprachrohr und Gottes Sprachrohr ist unermüdlich *Und ich sah, und siehe: ein fahles Roß, und der darauf saß, des Name war Tod; das Totenreich folgte ihm.* Dies ist die Losung, was wenn all die Not-, Verfolgungs- und Todesängste keine Gespenster waren, was, wenn sich die Kassandrarufe erfüllen, was wenn das Kind gänzlich verlassen ist, dem Mord Vorschub leistete, da es nicht mit übermenschlicher Kraft sich gegen die Tür stemmte.

Was wenn ..., das Kind heult die Gespenster hinaus, in Polster und Grizzly gekrallt, die Richterin fleht Ave Maria und bemerkt plötzlich die schmutzignassen

Flecken im Grizzlyfell. Sie reißt den Grizzly dem Kind aus den Fingern, dieser Dreck gehört nicht ins Bett, das Kind bettelt umsonst, kein Dreck im Bett, das Kind verstummt und Eis legt sich über die Nacht, den Körper, das Bett, Eis und Ahnung von dem Todesentsetzen, welches die Rose gefangenhält.

Abende folgen, an denen lernt das Kind taub sein und stumm im Zug der biblischen Offenbarungen, der Mann ist selten im Haus. Das Kind lernt Zöpfe selbst flechten unter Ohrfeigen für jeden mißlungenen Versuch, es lernt lachen unter Ohrfeigen für jedes verbohrte Sonntagsgesicht. Fünf Sonntage, fünf besorgte Kirchengängerinnenrunden, was dem versteinerten Kind denn fehle, fünf Ohrfeigen aus Ratlosigkeit, dann kann das Kind schon mit hochgezogenen Mundwinkeln die Zähne zeigen, Beruhigung tritt ein im Kirchenhof.

An schönen, sonnendurchfluteten Nachmittagen wird es auf den Balkon gesetzt, um das Einmaleins endlich zu lernen, fruchtloser Versuch, jedes Zahlenmuster eine Erinnerung, noch herrscht Unklarheit über die Ros', die ist worden krank und bleich. Rückert steht bei den verbotenen Büchern, es heißt statt lesen den Besen schwingen, doch das Kind hat schon ganze Bände in sich, die abgerufen werden können bei jeder Gelegenheit. Balladen übertönen die biblischen Offenbarungen, Indianerabenteuer die Nächte in Ungewißheit. Die Fragen sind bald ausgeschöpft, das Unvorstellbare bleibt ohne Verrat, es gibt noch Geheimnisse, von keiner Richterin zu heben und in den Staub zu wirbeln. Aber eines Morgens, beim Zöpfeflechten und zum Geruch von frischgewaschener Wäsche, die aufgehängt werden soll: Was hat sie denn sonst noch gesagt? Sie hat gesagt, man will uns vergasen. Eine Schweigesekunde, dann zischt es: Mein Gott! Vergast hat man die Juden im Krieg. Wir haben das alles gewußt und mußten schweigen. Die Haare der Leichen hat man für die Puppen verwendet und man hat Seife aus ihnen gekocht, unsere Mutter ist fast verzweifelt, wir haben unsere Seife selbst gemacht, wer gegen Hitler war, den transportierten sie ab, wir mußten schweigen. Das Kind steht starr, was die Rose sagte, gab es doch vorzeiten. Die Nächte sind nun voller Gespenster, nicht von Balladen noch von Geschichten zu vertreiben.

Hochsommersonne brennt die Tage aus, schmilzt die Stunden zu blassem Erinnern der Nachtgespenster und reißt das Kind in Licht- und Schattenspiel; Laufen, Rufen, Schreien, Rügen, Donnern, das Kind ein kleiner Gummiball gegen die Wand, den Boden, die Erde, die Treppen geworfen, jeder Befehl schmettert es leichthändig durch eine rasende Zeit, es springt, hüpft, rollt, die Tage drehen sich wie Kreisel, das Kind immer Sekunden zu spät zu jeglicher Reaktion und schon wieder gepackt und in die Ecken geschnellt. Unzufriedenheit fährt ihm ins Gesicht, tagein, tagaus, es stehe wie die Kuh vorm neuen Tor, von morgens bis abends, wie die Kuh vorm neuen Tor, die Kehle wird enger und enger, kein Wort kommt herauf aus dem Schrecken zwischen Schulterkuppeln und Brustkorb; stumm, starr, steif und dumm. Die Zeit hat sich in zwei Zeiten geteilt. Eine, die zieht langsam Fäden im Hirn, die lähmt dem Kind die Glieder, den Blick, den Atem, und eine, die saust im Außen dem Kind um die Ohren. Abends kommt der Mann von der Arbeit. Am Schmiedehammer steht er den ganzen Tag, bearbeitet sorgfältig rotglühende Eisen und hämmert sie bedächtig aus in die Form ihrer Bestimmung. Er steht am ersten Hammer neben der Tür, Sonne fällt auf seine Hände, wenn das Kind die Tür öffnet und ihm zu trinken bringt, glücklicher Moment am Tag, wo sich die Zeiten wieder vereinen und im Halbdunkel der Schmiede Puls und Hämmer Sekunden schlagen im Gleichklang. Abends kommt der Mann von der Arbeit und bremst das sausende Außen, solange er im Haus ist. An seiner Stille prallt das gereizte Poltern der Frau zurück. Unter seinem Blick lernt das Kind ein zweites Mal gehen wie einst an seinen ruhigen Händen schon. An seiner Seite gleiten von den Schultern Todesentsetzen, göttliche Offenbarung und Weltuntergang, an seiner Seite wird das Atmen leicht. Aber selten bleibt er abends im Haus …

Die Erde treibt Nahrung ans Licht und Unkraut, in der prallen Sonne hockt das Kind, jätet im Steig, in den Beeten, zwischen den Blumen, es jätet und rotzt vor sich hin, das Unkraut nimmt kein Ende, die Beeren sind nicht zu freiem Genuß bestimmt, Himbeeren, ein paar letzte Erdbeeren, Stachelbeeren, rote und schwarze Ribisel, an den schwarzen vergreift sich das Kind, vergreift sich unerlaubt in böser Gier und greift geradewegs in das laute Klatschen eines Schlages auf die Gierhand; die Beeren sind für Marmelade, für dieses und jenes, für irgendwen, nur Unkraut, Unkraut wütet im Garten für das Kind. Zwischen den Rosen ein Bienenstich. Unkraut ist das Kind. Jeden Tag von neuem in der prallen Sonne im Unkraut; aber dennoch: die Blumen, die Farben, die Gerüche. Die trockene Hochsommererde. Wasserkübel schleppen, Kannen voll abgestandenen Wassers, Wasser, Erde, Hitze, Unkraut. Beerenmarmelade. Alles geht seinen geordneten Gang, so zeigt es die Frau. Ordnung hat zu herrschen in jeglichen Dingen, denn die Freiheit, zu tun, was der neugierig nach Geschmäckern, Gerüchen, Farben ausgestreckten Hand zu tun einfällt, diese Freiheit ist aller Sünde und bösen Gier Anbeginn. Aber das Kind vergreift sich weiter in heimlichen Momenten und beginnt zu genießen, genießt den Geschmack, Geruch, genießt die Farben, die Erde, das Wasser, den Dampf über der gegossenen Erde, die Sonne, genießt die Wiese, die Bäume und vergreift sich selbst an unreifen Früchten. Es bricht aus, steigt über Zäune, auf Bäume, taumelt am stinkendbraunen Fluß hinter der Schmiede entlang, taumelt und versteckt sich und hört die Rufe nicht, die es beim falschen Namen ins Haus zitieren, bei diesem Namen, der ihm blieb von vor *sieben Jahr, trüb und klar*, damals, die ersten sieben Jahre schmutzbeschmiert, Unkraut gedieh gut unter falschem Namen, dieser Name, der klingt, als rufe man die Kuh vorm neuen Tor. Jedes Zuhause ein falsches Zuhause und alle Namen austauschbar, Zuhause austauschbar, wo ist die Ros' geblieben, wo die Nachtigall, alles schon lange vorbei. Das Kind taumelt und versteckt sich und zerreißt die engen Röcke, die es hindern am Taumeln und Klettern.

Eines Abends, zwischen der Lektüre von Gottesstrafgerichten und Märtyrertum, kündigt die Frau für nächsten Tags einen Mutterbesuch im Krankenhaus an. Das Kind kehrt im Traum zurück aus den Wiesen, dem Garten, steigt vom Baum, an dessen Rinde es sich schmiegte, schließt die Schmiedetür und schneidet den Sonnenstrahl ab von der Hand des Mannes, irrt im Traum draußen auf der Straße, die es kam, einher und findet den Weg nirgends hin, da schallen die Posaunen, dröhnen die Trommeln des Letzten Gerichts, ein Racheengel zerrt es an der Schulter, die Frau, der Wecker, sechs Uhr, die Schmiedehämmer beginnen den Rhythmus, ein rasches Frühstück, schlaftrunken und von Schwindel und Ekel begleitet, auf zum Bus; der schaukelt die Kurven entlang, eine Stunde, zwei Stunden, Ekel drängt in der Kehle und will hinaus. Das Stadtschild. Es gibt kein Zurück. Der Bahnhof. Umsteigen in den städtischen Bus, die alten Straßen; die Polizei ist einen anderen Weg gefahren, flüstert das Kind alarmiert, aber gib Ruh!, da heult schon eine Rettung vorbei, in der Rettung die Mutter und im Polizeiauto hinterdrein das Kind. Der städtische Bus hält: Landeskrankenhaus, eine Station, die man immer kennen sollte, für alle Fälle. Meterhoher Zaun, ein Weg wie durch Wald und da ist der Eingang schon. Das Kind muß draußen bleiben, sitzt auf der Bank vor der versperrten Tür, hinter der die Frau verschwand, läßt die Beine baumeln, läßt die Beine baumeln, läßt die Beine baumeln. Die Socken haben ein Loch an der Zehe, das Kind hat ein Loch im Hirn, der ganze Kopf ein Loch, der Magen ein Loch, die Socken haben ein Loch an der Zehe, weiße Socken, der Gummi am Rand ist ausgleiert und hängt über, weiße Socken, braune Sandalen, ein Loch am Knie, eine Kruste am Knie, eine Kruste am Ellbogen, eine pochende Strieme am Hals, von einem Sturz zum nächsten, das Kind läßt die Beine baumeln, da wird die Tür geöffnet, die Frau zwängt sich, die Wohnungsschlüssel in der Hand, an der Schwester vorbei, die Tür wird hinter ihr versperrt, das Kind sieht einen Schatten, der sich an das Milchglas der Tür drückt, die Hände erhoben, irgendwer.

Rückert hat ausgedichtet, es gibt nichts als Löcher in Socken, Unkraut, Bienenstiche zwischen Rosen und die Nachtigall ist ein Singvogel der »Kuckuck« schreit zu jeder vollen Stunde aus einer alten grindigen Uhr. Das Kind hat einen Vogel und steht wie die Kuh vorm neuen Tor zu jeder vollen und leeren Stunde, die Rosen werden geschnitten und für gewöhnlich vor Statuen verschiedener Herkunft und Heiligkeit gestellt, dort verlieren sie Blätter und Duft und die Statuen blicken gipsäugig über die welkende Zier hinweg in eine jenseitige Ewigkeit.

Die Frau sperrt die Wohnungstür auf, besieht sich die Küchenwände, über die kleine weiße Maden kriechen und ruft ihren Gott, geputzt muß werden in diesem Dreck, die Küche wird ausgemalt! Wo gibt es ein Farbengeschäft, schon sind sie auf dem Weg, schon schleppen sie die Farbkübel zurück in die Wohnung, schon beginnt die Frau Ordnung zu schaffen und Reinlichkeit, schon werden die Spuren an den Wänden gelöscht. Das Kind wird in den gegenüberliegenden Laden geschickt, hier wird einmal nichts vergiftet sein, es schließt die Tür hinter sich, der Kaufmann hängt mitten im Satz und vergißt zu grüßen, da sind die Nachbarinnen und hängen mitten im Satz, da steht das Kind wie die Kuh vorm neuen Tor und vergißt, was es sollte, rennt rotzend den Weg zurück über die Straße, die Haustür, die Stufen, die Wohnungstür, du hast einen Vogel, und rennt wieder hinunter und posaunt seinen Auftrag bei der Ladentür hinein. Der Kaufmann fragt nach der Mama, die ist im Krankenhaus, das sei auch besser für die Mama, das Kind rafft die Sachen zusammen, rennt wieder über die Straße, die Stiegen hinauf, schließt die Wohnungstür hinter sich und steht vor der Frau, die im Schreibtisch in Papieren wühlt. Deine Mutter ist verrückt, Briefe von mehr als zehn Seiten, kein normaler Mensch schreibt Briefe von mehr als zehn Seiten, kann sie deinen armen Vater nicht in Ruhe lassen, die Sünden sind wohl noch nicht genug! Die Kinder müssen die Sünden der Eltern büßen, merk dir das!

In schnellen Zügen malt die Frau die Küche aus, während das Kind Bücher zusammensucht, von denen es sich nicht trennen will. Die Bücher werden nach getaner Arbeit inspiziert und landen mit den Mutterbriefen an den Vater im Müll. Am Abend schon ist alles lang geschehen, lang vorbei, weit entfernt, die Rose ist ein welker Schatten an einer Milchglaskrankenhaustür, ein Schatten, der sich Mutter nannte.

Am Abend liegt wieder der schwarze, langhaarige, kurzbeinige Hund mitten im Hof zwischen den Nachbarhäusern und dem dornenrosenumschlungenen Haus des Mannes und der Frau, er liegt unter dem Nußbaum und folgt mit den Augen jeder Bewegung des Kindes. Er sei bissig, man müsse sich hüten vor ihm, sagen die Mädchen, die hinter der Schmiede im Haus der Werksangestellten wohnen, Tanja und Anita: Du fettes, langsames Schwein mit deinen Zöpfen! Spielst du mit uns Verstecken? Aber für dich gibt es kein Versteck, das groß genug ist. Du gehst wie ein Trampeltier!

Der Hund sei nicht bissig, schimpft die Frau, so ein Blödsinn, Pipo, komm her! und Pipo macht sich gemächlich schwanzwedelnd auf, erwartungsvoll schnüffelt er an der Hand der Frau, die ihn während der Sommermonate füttert, aber morgen kommen sie endlich aus Italien zurück und kümmern sich selbst um ihn! Morgen. Morgen ist schön, das Kind hört auf jedes Motorengeräusch, lang steht es vor der Haustür und sieht die Straße hinaus; mehr als *sieben Jahr, trüb und klar* ... Klar war jener Sonntagmorgen, an dem ich ihn sah, damals zum erstenmal bewußt ansah, in diesem Hof, in dem Pipo ihm nun entgegenbellt, schon steigt er aus dem Auto, wie er auch damals aus dem Auto stieg, ein kleines, schönes Kind, dunkles Haar, so dunkles Haar, dunkle Haut und dunkle Augen, die kurze graue Sonntagshose, das blaue Sakko mit den Goldknöpfen, viereinhalb Jahre und du trugst schon Sakko und ein Wappen auf der Brusttasche, ich rannte zu dir hin und berührte das Wappen, lachte vor Freude, du sahst meinen Händen zu, die dir ans Wappen griffen, sahst mich an und lachtest und liefst mit mir mit; du steigst nun aus dem

Auto, neun Jahre, aufgeschürfte Knie, die Füße in Holzpantoffeln, dunkel und schön rennst du auf mich zu und bietest mir Pistazien an, Pipo springt zwischen uns hoch und bellt einmal dich, einmal mich an, du rennst mit mir in die Wiese und verlierst einen Pantoffel, Pipo immer bellend neben uns her, wir reden atemlos durcheinander, von Indianern, Zelten, Pistazien, Italien, Federschmuck, Tomahawk, Pipo, der Schule, dem See, ob ich zum See mitkomme, morgen fährst du mit deinen Eltern zum See, ob ich für immer hierbleibe, wir werden gemeinsam zur Schule gehen, jeden Tag denselben Schulweg; du wirst gerufen und rennst davon und schreist im Laufen: Komm mit!, ich entdecke die Geschwindigkeit wieder und renne dir nach. Nein, Theo muß jetzt seine Übungen machen, tust nach Hause gehen, sagt seine Mutter und ich hocke mich vor Pipo, fahre wild durch sein Fell und lege die Stirn an sein Schlappohr. Er läßt es ruhig geschehen. Ich bin die ich bin die ich bin, Soi nannte Theo mich, Soi, Zoe schreibt man das, was »das Leben« heißt. Mit viereinhalb Jahren wurde er ins Verwirrspiel meiner Namen geschickt, keiner wollte ihm gelingen, nicht der vermeintlich heidnische mit Acht und Bann belegte, Zoe, das Leben, nicht der gehaßte falsche aber gut christlich eingesegnete, ich werde mich hüten, ihn wieder zu nennen, preiszugeben, denn ich bin die ich bin die ich bin, Zoe, das Leben. Soi.

Ich laufe ungebremst, renne, federe in den Knien, möchte abheben und lachen, so laufe ich durch den großen Obstgarten den Hügeln und dem Fluß zu. Am schmutzigbraunen Wasser sitze ich Stunde um Stunde und lasse flache Steine springen, lasse schwere Steine plumpsen. Auf den Erdwällen hinter dem Obstgarten kämpfe ich mich durch das dichte Gebüsch und beginne auf dem höchsten Punkt mit der Schaufel aus der Erde ein Loch auszuheben und mit alten Kartons auszukleiden. Von hier aus sieht man über die Wiesen, die Werkstätten, die Holzlagen bis zu unseren Häusern. In guten Stunden erzählt die Frau Geschichten von früher, wie hier nach dem Krieg die Russen auf ihren Pferden die Gärten zertrampelt, aber sie selbst verschont haben, der Obstgarten voll der seltensten Apfelarten und Kirschenkreuzungen zwischen Rot und Weiß gewesen sei, daß das Haus, in dem wir wohnen, ein Essensausschank für die Schmiedearbeiter gewesen sei, wie Theos Tante Violetta, die an ganz und gar verrücktem Liebeskummer und vegetarischem Essen zugrunde ging, im Sommer zwischen den Bäumen des Obstgartens tagelang zu liegen pflegte. In wildem Durcheinander sehe ich von meinem Beobachtungsposten aus Tante Violetta, die Russen, die Pferde, die Arbeiter über die Bühne ziehen, schon schnappe ich mir ein Pferd und eins für Theo und wir reiten über die Erdwälle hinein in die Prärie oder durch den Wald hinter dem Fluß, wild und ungezähmt, im Galopp und unter Kriegsgeheul. Mitten ins Reiten dringt der Ruf der Frau, reichlich früh zum Abendessen, ich überschlage mich fast den Erdwall hinunter aus meinen Phantasien und renne, meine neue Fortbewegungsart, ich renne auf das Haus zu, zwei Stufen auf einmal, vielleicht darf ich morgen mit Theo zum See, wann ist endlich morgen, am liebsten gleich drei Stufen auf einmal, als würde es so früher morgen. Fehlalarm! Rosenkranzbeten! Niederknien vor dem Kreuz, die aufgeschürften Knie lassen grüßen, und in langsamer Leier immer denselben Text auf die göttlichen Opferschalen legen, die sind wie ein Faß ohne Boden. Die Wut sitzt im Bauch und kriecht hinauf in den Nacken, was für ein kompakt geschnürtes Bündel Wut! Wuttränen bleiben in den Augenwinkeln hängen, die Knie lassen grüßen, die Krusten springen auf; Vollbremsung mitten in der neuen Lebensgeschwindigkeit, der Rosenkranz zügelt die Pferde mitten im Galopp, die Hinterhufe bohren sich in den Boden und die Gäule krachen hinterrücks in den Staub, die Gäule schnauben, Schaum vor dem Maul ...

Dann klopft es an der Tür. Die Frau legt unter zornigem Stirnrunzeln den Finger auf die Lippen, Stillgehalten! Aus dem Klopfen wird ein Hämmern, Stillgehalten!, alle Muskeln spannen sich zum Sprung an die Tür, Stillgehalten!, das Hämmern wird zu einem ungeduldigen Reißen an der Türschnalle und Theo ruft: Soi! und da keine Antwort kommt: Frau Rauhbein!, keine Antwort, schließlich schreit er wütend und im Fausthagel gegen die Tür: Frau Rauhbein, du Sau du, mach auf! Die Frau rennt erbost zur Tür, sperrt auf, schon hat Theo seinen Fuß auf der Schwelle und läßt sich von ihrer Zurechtweisung nicht einschüchtern noch vertreiben, er wolle sofort zu Soi und schon steht er in der Küche, sieht das Brot auf dem Tisch und fordert begeistert: Frau Rauhbein, ein Butterbrot mit Salz und einen Himbeersaft bitte! Die Frau fügt sich schimpfend, er trinkt den Saft in einem Zug und schon fragt er: Kann die Soi mit hinaus? und schon sind wir draußen bei der Tür.

Zum See darf ich nicht mit, das Unkraut ruft mich in die Rauhbeinschen Blumenbeete und den Gemüsegarten. Bald kommt ein Brief für mich: Liebe Soi, wie geht es Dir? Was machst Du immer. Schreibe mir bald. Wenn du Zeit hast mach auf meinen Bogen eine andere Schnur. Ich habe ein Segelflugzeug gekauft und wenn ich nach Hause komme lassen wir es fliegen. Es grüßt dich Dein Theo.

Sofort mache ich mich an die Vorbereitungen für Theos Rückkehr. Ich sammle Gummis und Schnüre jeder Stärke im Gartenschuppen seiner Eltern, zu dem er mir den Schlüssel unter Steinen versteckt hat. Pipo rennt bellend und schwanzwedelnd neben mir her, ich bekam die Aufgabe übertragen, ihn zu füttern. Vom Dach des Gartenschuppens aus entdecke ich eine

Trauerweide, deren breite Äste über das Dach der Schmiede hineinwachsen. Mit einiger Geschicklichkeit gelangt man an der Dachrinne der Schmiede entlang bis zur Trauerweide, ohne am Blechdach abzurutschen. Die breite Astgabelung eignet sich für einen Hochsitz. Nun entwende ich heimlich Nägel aus dem Keller und suche Treibholz, das der Fluß angeschwemmt hat, passende Teile, um ein geräumiges Versteck zu zimmern.

Jeder Indianer braucht ein Messer, so versuche ich diese Einsicht am nächsten Einkaufstag auch der Frau glaubhaft zu machen. Schon auf dem Gang zur Morgenmesse erkläre ich ihr, wie wichtig ein Taschenmesser sei und wer ein solches schon besitze, werde von der Messe kurz unterbrochen und instruiere sie über den ganzen Hauptplatz hinauf in jedes Geschäft hinein so lange und gründlich, bis sie schließlich an der Kasse des Fleischerladens zischt: Jetzt gibst eine Ruh, sonst bekommst überhaupt keinen Feitel! Wenn Theo zurückkommt, wird er eine neue Schnur auf seinem Bogen, einen Hochsitz und eine Pfeilsammlung vorfinden und wir werden das Segelflugzeug fliegen lassen!

Der letzte Augusttag ist Mutterbesuchstag. Ich kotze vom Autobus hinaus auf den Gehsteig, trotz der trockenen Semmel hielt ich die hochschießenden Säfte im Bus nur mühevoll zurück. Diesmal werde ich beim Portier zurückgelassen und bin froh, das Krankenhausgebäude gar nicht betreten zu müssen, doch weit gefehlt, zu früh gefreut! Der Mutter geht es gut, was immer das auch heißen mag, sie wartet am Anstaltszaun auf ein Wiedersehen. Komm mit! Ich gehe mit, die Schritte ziehen sich wie Gummi, ich stolpere über den Kiesweg durch das waldähnliche Gelände mit den hohen Nadelbäumen (Sei nicht so ungeschickt!) und denke beharrlich an den Hochsitz, das Taschenmesser, die Erdwälle, den Obstgarten. – Zoe! Ich freu mich so! – Vor meiner Nase ist ein zweimannshoher Zaun aus starken Eisenpfosten und mit dichtem Maschendraht fast bis ganz obenhin hinterlegt, an den Zaun gedrückt eine lachende Frauengestalt, die mit Mühe drei Finger durch die Maschen drängt, um meine Hand zu ergreifen, ich möchte mich fortkatapultieren von hier in diesem Augenblick, fort, nur fort.

Die ersten Septembertage sind trüb. Ich schniefe, wüte und verstumpfe vor mich hin, ein ständiger Regen hat eingesetzt, ich bin nicht im Haus zu halten, verdrecke die Stiegen und das Vorhaus, verkühle mich und übe mich in Panik vor dem drohenden Schulbeginn. Theo ist noch nicht hier, Pipo stinkt nach nassem Fell, das Leben ist schmutzig und die Ohrfeigen schallen und knallen. Alle Domestizierungsversuche schlagen fehl im Anbeginn, jegliche Erziehung zu künftiger Fraulichkeit beantworte ich mit zerrissenen Röcken,

Schrammen und Gerotze, das kulturelle Erbe des weiblichen Abendlandes fällt bei mir auf unfruchtbaren Boden, ich fühle mich nicht gemeint, ein paar wild ins Kraut schießende Urpflanzen gedeihen aus Züchtigung, schlingen sich um meine Beine und wachsen zu ihren trostlosen Wurzeln zurück.

Ich hungere nach Lesestoff, Theos Fundus bleibt mir verschlossen, das Kellerfenster, das er mir zeigte, durch welches ich ins Haus und an seine Bücher und Comics herankäme, klemmt, und die Frau hat außer den göttlichen Offenbarungen und den Fünfzehnmal-sieben-Zentimeter-Fibeln des christlichen Glaubens für Minderbemittelte alles fortgeräumt, in meiner Verzweiflung beginne ich Kreuzworträtsel in Tageszeitungen zu lösen.

Am letzten Samstag vor Schulbeginn kommt Theo zurück, ich taumle schweigend hinter ihm her, bis er mich mit den Fäusten vom Taumel erweckt. Sein Segelflugzeug ist ihm gegen den im Brief beschriebenen Hochsitz geknallt, er bekam als Ersatz einen Drachen, den wir gemeinsam steigen lassen wollen. Pipo verbeißt sich im Plastik noch ehe der Drachen ein paar Zentimeter über dem Boden zu schweben kommt und verfängt sich in der Schnur, so ist dieser aerodynamischen Freude ein Ende gesetzt, doch die neue Lebensgeschwindigkeit trägt mich wieder.

Am ersten Schultag regnet es in Strömen, die Strümpfe sind bis zu den Kniekehlen bespritzt, der ewig durchs Tal blasende Wind verbeißt sich in meinen hosengewohnten Waden, im roten Strickzweiteiler von vor Jahren, den gelben, schmutzigen Strümpfen und den U-Boot-Schnürschuhen gebe ich eine clowneske Vorstellung im Klassenverband. Als die Nachbarschaft meine neuerliche Anwesenheit bei Frau Rauhbein bemerkt hatte (in Windeseile war sie instruiert), lud man Caritaspakete voll Kleidung aus dem Jahre X des Herrn bei uns ab. Die Frau gestand mir einen Kastenteil zu und ich gehe unter in der Menge meiner neuen Kleidung im past-no-future-Stil. Den Gipfel der Pikanterie bilden die ausgedehnten, ausgewaschenen Unterhosen – ganze Legionen – und die Büstenhalter – Schweißflecken unterm Arm, geblümt –, die meinen noch nicht vorhandenen Formen wohl Dünger zuführen sollen, denn ohne Wimperzucken wird mir geboten, sie zu verwenden. Jeden Abend im Bett, direkt vor dem entsetzenbeladenen Kastenteil liegend, entwickle ich neue Strategien, das alte Stoffgewühl verschwinden zu lassen, in Streifen zu schneiden, zu löchern, zu brennen, aber meine Chancen stehen schlecht, sehr schlecht, denn die Frau windet sich in Dankbarkeit über diese großzügige Zuwendung, der ich teilhaftig wurde. Es gibt solche Mengen weiblichen Kleidungsmaterials, daß an Hosen nicht mehr zu denken ist, Hosen im übrigen, des Teufels neueste Damenmode mit aufreizend orangen Nähten, Sünde über Sünde, die Welt erstickt in Sünde, Sünde das Leben schon selbst, aus Sünde geboren in Sünde und Unkraut ich, die Sünderbenkuh vorm neuen Tor. Für meine Klettereien auf Bäumen, Dächern, Hochsitzen und in Erdhöhlen ist die neue Kleidungsvorschrift ruinös. Das Taschenmesser erweist sich nun als vorteilhafte Zukunftsinvestition, denn ich wüte mit der Klingenspitze in den Maschen der Strickröcke. Ohrfeigen knallen und schallen der unzähligen Laufmaschen wegen und ich werde einen ganzen Tag zum Stopfen der Löcher verdonnert, aber die gestopften Röcke sind auf der Straße nicht mehr herzeigbar, das sieht sogar die Frau. Theo brütet Ideen aus, wie ich an Hosen herankommen könnte, gemeinsam sind wir auf dem Schulweg auf Hosen fixiert und vergleichen die Preise mit unserer relativen Mittellosigkeit. Theo betrachtet sein Taschengeld als unser gemeinsames Vermögen und teilt es bis auf die Groschen genau jeden Morgen im Schulbus zwischen uns auf.

In der Klasse bleibe ich seit meinem ersten, mit spöttischen Blicken und Rufen kommentierten Auftritt im links hinten Außen. Der Hohn wird gerecht aufgeteilt auf mehrere Opfer, viele Bauernkinder geben keine bessere Gestalt ab als ich. Mit unseren Zöpfen und unserer zu weiten, zu großen, ausgewaschenen, abgetragenen Kleidung oder den harten Bergschuhen gewöhnen wir uns daran, an den Rändern entlangzuschleichen, Fußtritten und Rempeleien auszuweichen, einander nicht zu grüßen, nein, Spiegelbilder sind wir einander, Spiegelbilder dessen, was unzugehörig ist. Auf dem Schulweg mit Theo bleiben mir Spott und Spiegelbilder erspart, denn er hält mich mit Ideen in Atem für den Nachmittag, seine Gegenwart macht mich unangreifbar.

Eines Nachts, im zweiten Semester, bricht die Liebe herein. Ich wache aus einem Traum hinaus, phantastischer als alle schwindelerregende Kletterei oder Pipos weiches, warmes Fell: Meine Geschichtelehrerin begegnet mir am Schulgang, ich auf dem Weg in die B-Zug-Klasse, da meine schlichten Lernerfolge geistige Minderbemitteltheit beweisen, sie kommt mir lächelnd entgegen und nimmt mich in ihre Arme, ihr langes, offenes Haar fällt mir über die Wange, ich brenne und ruhe zugleich.

Tatsächlich kann weder von schlichten noch irgendwelchen Lernerfolgen die Rede sein, denn ich lerne nicht. Meine Noten ergeben sich aus zufällig zwischen tagträumerischen Abwesenheiten aufgeschnappten Daten, Fakten, Formeln, Regeln. Die ideale Prüfungsart für mich sind die an die ganze Klasse gerichteten Fragen, die beantworten kann, wer gerade die Antwort kennt. Diese Prüfungsform wird von der Geschichtelehrerin praktiziert. Bei ihr hatte ich schon mehrmals Erfolg, in Geschichte blüht mir eine der wenigen guten Noten auch im neuen Semester, das Zeugnis war verheerend und meine Traumbefürchtungen, in die B-Zug-Klasse wechseln zu müssen, sind nicht unbegründet. Die an Frau Rauhbein gerichtete Nachricht von der »Gefährdung Ihrer Tochter in einigen Gegenständen« drückte ich mit einer gefälschten Unterschrift (während Frau Rauhbeins Mittagsschlaf unter Zittern entstanden) dem Klassenvorstand in die Hand. Schutz der eigenen Haut und des Sitzfleisches ist das elfte Gebot!

Der Geschichtelehrerin am Gang zu begegnen ist unvermeidlich und so stehe ich am Ende einer Pause vor ihr, wie in den Boden geklebt, ihr den Weg verstellend und sie rot bis an die Haarwurzeln grüßend, unfähig, einen Schritt auszuweichen oder weiterzugehen. Sie lächelt und grüßt zurück. Vorbei ist der Spuk. Meine Geschichtekenntnisse und -interessen nehmen innerhalb kurzer Zeit explosionsartige Ausmaße an und ich beschaffe mir jede Woche historischen Lesestoff. Theo findet sich aus der Wildwestwelt herausgeworfen und in Duelle und Schwertkämpfe verstrickt und übernimmt willig mein neues Rittervokabular. Im Unterricht sind wir in der ersten Habsburgerzeit. Ich bemühe mich in jeder Pause, die an der Wand hängende Kopie des Nibelungenliedbeginns zu entziffern und stecke zornig in jeder Pause wieder im ersten Satz. Frau Rauhbein kommentiert meine Leseleidenschaft mit Weisungen, sofort diesen Unsinn zu lassen und statt dessen endlich die rechte Handhabung des

Besens zu erlernen, so verstecke ich die Bücher hinter den Heften und gebe vor, in der Schule mehr wissen zu müssen. Mein plötzlicher Eifer stößt auf Mißtrauen, ich aber befinde mich wieder im Leben zwischen den Seiten.

Eingeschränkt wird dieses Leben vom Gewühle in Frau Rauhbeins Blumen- und Gemüsebeeten und eingeschränkt werden auch Theos und meine gemeinsamen Zeiten, er wird in den Lernmarathon geschickt und mit Argusaugen bewacht, uns gehören nur noch der Schulweg, die Wochenenden und seltene Nachmittage. An einem dieser Nachmittage platzen Tanja und Anita in unsere hermetische Tafelrundenwelt, wir wissen nicht, was mit ihnen beginnen, drastisch klaffen unsere Phantasiehorizonte auseinander. Tanja erheitert sich genüßlich an unseren Sprachgewohnheiten, Anita stellt Mutmaßungen über Theos und mein fragwürdiges Nahverhältnis an, da packt, so schnell habe ich mich nicht umgewandt, Theo einen Farbbehälter, der zwischen Kübeln und Pinseln stand – das Haus wird außen renoviert –, und schwingt ihn den Mädchen entgegen, die schreiend in Richtung Schmiede rennen – Theo und ich hintendrein – und sich in einem ausgedienten Lastwagen verbarrikadieren. Theo holt wütend aus und der Behälter knallt gegen die splitternde Windschutzscheibe, die Farbe spritzt den Mädchen ins Gesicht. Die Botschaft macht die Runde in den Nachbarhäusern. Ich bekomme Prügel und Theo Hausarrest, gekoppelt mit dem Verbot, mich zu sehen. Einmal steigt er durchs Kellerfenster hinaus, um mich zu besuchen, und wird von Frau Rauhbein sofort wieder nach Hause geschickt, seinen gewohnheitsmäßigen Butterbrotwunschsatz läßt sie ihn nicht zu Ende sprechen. Ich bekomme Verschärfung der Beschäftigungstherapie.

Am Sonntag beim Kirchgang jedoch ist sie sonderbar milde gestimmt. Eine Stunde rennen wir gegen die morgendliche Kälte, gegen den Wind an, sie verirrt sich in Sätzen über das Wunder des Frauseins, ich fühle mich nicht angesprochen und ärgere mich nur, im zu kurzen Sonntagsmantel (Erbstück aus dem nie endenden Kleiderfundus, dem sie mich nicht entwachsen läßt) so kleine Taschen zu haben, daß ich die eisigen Hände nicht darin vergraben kann. Frau Rauhbeins sprachlicher Riesenslalom mündet in ein unheilverheißendes, mit Blut verbundenes monatliches Ereignis, dessentwegen sie selbst sich einst in Schmerzen auf der Weide zwischen dem Vieh gekrümmt habe, da in ihrem Elternhaus niemand vom Eintritt dieses Ereignisses habe wissen dürfen, aber es sei alles heilig und von Gott so ganz richtig eingerichtet, man müsse nur spezielle Wäsche tragen; mir wird schwindlig beim Gedanken daran, welchen Horror sie noch aus dem Caritasfundus zerren und mir verehren wird und welche noch speziellere Wäsche außer den schweißbefleckten, geblümten Büstenhaltern es überhaupt geben könnte, denn langsam begreife ich, daß dieses frauliche Wunder der Schmerzwälzereien auf Weiden mitten unter dem Vieh wohl auch mir blühen wird, ich scheine weiblich zu sein. Frau Rauhbein ist sichtlich erleichtert und froh, ihre Hiobswunderbotschaft angebracht zu haben, ihr selbst, wie sie abschließend sagt, wurde all das nicht erklärt. Sie dachte sterben zu müssen, da sie an dieser unaussprechlichen Stelle blutete.

Auch auf dem Heimweg hält ihre ungewöhnliche Milde an, sie redet von den Babys und wie sie das Kindlein in der Krippe geliebt und geküßt habe, mir wird ganz sonderbar und ich vergrößere die Distanz zu ihr, denn daß Frau Rauhbein etwas lieben und küssen könne, das ist mir an diesem Sonntag einfach zuviel. Ihre eigenen Kinder hätte sie, fügt sie hinzu, natürlich nie so behandelt, denn wie leicht seien ungewollte Gefühle provoziert. In ihrer Kindheit habe es diese eklige Babyschnuddelei nicht gegeben. Mir wird das Thema zu ungemütlich, ich schalte auf Ritterburg und ihre Sätze wehen an meinen Ohren vorbei.

Als wir in den Weg zum Haus einbiegen, sehen wir schon den Rauch. Noch ist unklar, woher er kommt. Ein Feuerwehrauto steht auf dem Platz, ein zweites heult heran, mein Gott, schreit Frau Rauhbein, der Dachstuhl brennt! Schon wird die Leiter des Feuerwehrautos ausgefahren in Richtung Theos Hausdach und Theo und Frank drängen sich hustend in die Dachluke, bis die Leiter zu ihnen reicht und sie sich befreien können. Ich weiß genau, was geschehen ist, da ich Theo und Frank schon einmal beim Löschen so einer Brandaktion half. In der kleinen Werkstatt, direkt unterm Dach, stand ein großer Karton voll Packpapier, der Franks Experimentierdrang mit Zündhölzern inspirierte.

Ein Teil der alten Balken des Dachstuhls muß ausgebessert werden. Theo wird nach einer weiteren Woche Hausarrest wieder erlaubt, mich von Zeit zu Zeit zu sehen.

Frank erhält Hausverbot von Theos Eltern. Seine Erheiterung sind Destruktivorgien jeglicher Art. Übertroffen wird er darin nur von seinem älteren Bruder Adi, dem man ausweicht, wo er auftaucht, wer dieses Vorsichtsgebot nicht befolgt, hat mit Blutverlust oder Beulenwuchs zu rechnen. Adis bevorzugtes Betätigungsfeld sind Theos zarte Glieder und dessen Wehrlosigkeit. Er überragt uns um fast zwei Köpfe und fegt uns nieder, wo immer er uns ohne Erwachsene sieht. Die beiden wohnen im Nachbarhaus, dem großen alten Herrenhof einer großen alten Familie, deren zahlreiche Mitglieder sich in Sturzgeschwindigkeit dezimieren. Man sagt, es geistere dort, die vielen Selbstmörder fänden keine Ruhe, der Most käme nachts wie von selbst aus den verschlossenen Hähnen, freilich konnte er den großen Vorjahrsbrand in ihrem Heustadel nicht wie von selbst löschen, die Flammen erleuchteten lange Nachtstunden hindurch die Nachbarschaft. Alex, der Jüngste, soll Sohn einer Indianerin sein, allein sitzt er meist am Kies im Hof, saugt am Daumen und starrt in die Baumkronen, sendet ein paar englische Wortversuche hinauf in die Blätter und weint dann oft, die Tränen laufen aus seinen weitgeöffneten Augen, kein Muskel verzieht sich im kleinen Gesicht, seine Knie und Ellbogen sind dauerblutverschmiert. Würde ihn nicht von Zeit zu Zeit die Putzfrau auf die Arme nehmen und die Wege entlangtragen, jeden Abend zur Tür hinein und in sein Bett tragen, aufnehmen bisweilen und leise summend über die Wiesen tragen, ob er wohl auf dem Kies versteinerte mit der Zeit? Frau Rauhbeins Augen befeuchten sich bei seinem Anblick und sie bezichtigt ihn des Herzzerreißens, ihr Herz zerreißt der kleine Mensch wohl an die tausendmal, so allein dürfe man kein Kind lassen, so allein, seine Mutter sei zurückgekehrt nach Amerika, allein auch und allein habe sie ihn hinterlassen, sie habe es nicht ertragen hier unter diesen gottlosen Menschen und der Vater habe das Sorgerecht, wie könne man einem Kind solches zumuten, solches antun, mit solchem ihn allein am Kies hinterlassen auf Gedeih und Verderb, wie könne man das!

Adi bepinkelt seinen Wirkungsbereich wie ein Hund (Pipo ist nicht so eifrig darin) und selten übertritt er sein Revier. Wenn er auf Theo länger verzichten muß, wird die Not groß und er begibt sich auf Suche nach anderen Opfern.

Meine Nachmittage und Wochenenden werden grau und grauer, Theo wird oft und öfter im Haus festgehalten, um sich mit Extraübungen auf das Stiftsgymnasium vorzubereiten, ich laufe ziel- und planlos unsere Spielgebiete ab, kein Hochsitz, nicht die Schlangeninsel im stillgelegten Arm des Flusses, kein Erdversteck interessiert mich mehr, alles ist leer ohne Theo und manchmal nehme ich an Tanjas und Anitas Spielen teil. – Du wärst aber das böse Kind, das wir schlagen müssen, du wärst aber eine häßliche alte Hexe, die wir im Ofen verbrennen müssen, du wärst aber die Blöde, die wir ausschimpfen müssen, sie kann nicht mal tanzen, seht euch dieses Trampeltier an, sie versteht nichts, diese dämliche Kuh, fröhliches Kindergelächter schallt über die Wiese.

Eines Tages steht Adi in der Holzlagentür und versperrt uns grinsend den Weg nach draußen, befiehlt uns zu schweigen, nähert sich uns und dem Hackstock, reißt die Hacke aus dem Hackstock, schwingt die scharfe, schwere Hacke ober unseren Köpfen und schreit: Ich hacke euch die Köpfe ab!, die Hacke mit dem blauen Schaft, kein Ton kommt über unsere Lippen, wir sitzen auf dem festgetretenen Erdboden, gegen die Latten gedrückt, er schwingt lachend die Hacke und lacht und lacht …; schon saust die Hacke nieder, an unseren Köpfen vorbei, auf den Hackstock, der Schaft zittert leicht und Adi macht sich zufrieden grinsend davon. Tanja und Anita rennen schreiend nach Hause, ich verkrieche mich in einem Erdloch, mit Karton ausgelegt, bin ein stummes Stück Mensch ohne Regung und erwache erst durch Theos Rufe und Pipos Bellen. Theos Nase blutet, er ist an Adi nicht mehr vorbeigekommen. Das Blut rinnt und läßt sich nicht stillen, er legt den Kopf in den Nacken, doch spuckend und prustend reißt er ihn wieder hoch, Pipo fixiert Theo leise winselnd und leckt ihm die blutige Hand, Theo hockt gegen die eine Seite gedrückt, ich gegen die andere, und das Bluten hört nicht auf. Ich weiß nicht was tun und beginne zu schniefen, da fällt mir Frau Rauhbein ein, die einmal von kaltem Wasser im Nacken bei Nasenbluten sprach und ich schleppe Theo, dem schon übel wird, zu ihr. Sie handelt schnell, mit harten Handgriffen, aber sicher, hält Theos Kopf übers Waschbecken und drückt einen naßkalten Waschlappen in seinen Nacken, er keucht, ein zweites Mal dieselbe Prozedur, er spuckt und wehrt sich und langsam versiegt die rote Spur unter seiner Nase. Frau Rauhbein wäscht ihm das Gesicht wie einem kleinen Kind, er schlägt ihr gegen die Arme und schreit, daß er das selber kann, Pipo bellt Frau Rauhbein wütend an, sie tritt mit dem Absatz in den

Boden und verlangt: Ruhe! Theo schaut erschrocken hoch, das Wasser rinnt ihm über Gesicht und Kinn in den Kragen, Pipo beäugt erst Theo, dann Frau Rauhbein und wedelt probeweise mit dem Schwanz, da beginnt sie schallend zu lachen und hält Theo das Handtuch hin. Sie faßt sich Adi am nächsten Tag und appelliert an sein Gewissen (ich lausche und klebe am Schlüsselloch), der lacht ihr höhnisch ins Gesicht und fragt, was er getan habe, ob sie es gesehen habe, ob sie es ihm beweisen könne, nein, so möge sie sich ihre Predigt sonstwohin schieben.

Die Sommerferien bringen im raschen Wechsel Schelte, Ohrfeigen und Geschichten aus Frau Rauhbeins Lebensfundus, ich entwickle mich zur Meisterin im Parieren der Schelte durch gezielte Anknüpfungsfragen und erspare mir eine Menge schallender, knallender Ohrfeigen sowie Instruktionen über das göttliche Strafgericht und die nötigen Verhaltensweisen während der über diese sündige Welt noch hereinzubrechenden Zeit, indem ich kreuz und quer durch ihre Erinnerung segle. Willig folgt sie meinem Kurs, willig folge ich ihr durch ihre Vergangenheit und von Zeit zu Zeit würzt oder versüßt sie unser Leben mit Speisen, die sie vor Jahrzehnten in anderen Ländern zuzubereiten lernte. Während ihrer Verlobungszeit kochte und putzte sie sich quer durch Europa und hütete anderer Leute Kinder, um Geld für ihren Hausstand zu verdienen. Der Mann sieht beim Mittagstisch fragend von ihr zu mir und genießt schweigend, der Mann, den sie unter energischem Faustgetrommel vor Jahrzehnten aus dem Schmerzfinale seines Lebens riß, welches er hinter verriegelter Zimmertür zu beschließen entschieden hatte. Der Mann, mit dem sie einst fünf Kinder ernährte und nun mich verköstigt, der Mann, den sie hartnäckig der Segnungen der Kirche teilhaftig werden lassen wollte, bis er sich ergab und Mitglied des Kirchenchors wurde, der Mann, dessen Baß ich unter allen Stimmen mühelos jeden Sonntag erkenne, dessentwegen ich während der Schlußakkorde schon ungeduldig auf der Kniebank mit den Füßen scharre, um schnell nach hinten zu kommen und mir sein Lächeln beim Choraufgang schenken zu lassen, bevor er sich wieder auf sein Rad schwingt und hinausfährt auf Wegen, auf denen ich ihn gern begleiten würde. Der Mann, der sein Rad schmunzelnd »Mercedes« nennt, Sarastro auf dem zweirädrigen Mercedes, während der Woche in blauer Arbeitskluft am Schmiedehammer …

Vater unser im Himmel, ich möchte ein Rad, ein großes, blitzendes Rad, ein Rad wie Sarastro, bete ich des Nachts, wenn ich nicht schlafen kann, mein Vater, mein Vater ist zu Besuch angesagt und ich wünsche mir ein Rad – geheiligt werde dein Name, Vater unser im Himmel –, ich träume mich auf ein Rad, Sarastros Freiheit soll auch mir Freiheit werden, ein Rad und auf, gegen Wind und Wetter, in neue Zeiten hinein.

Frau Rauhbein macht meine Träume zunichte, indem sie mir das Wünschen verbietet und ich sehe das Auto meines Vaters die Straße hereinbiegen, vor der Treppe halten, sehe ihn die Türe öffnen, die Türe schließen und spüre angespannte Fluchtmuskeln in den Beinen, schon ist er bei mir, schon entwinde ich mich aus seiner Umarmung, schon wende ich mein Gesicht vor seinen feuchten Küssen ab, schon sitzt er in der Küche, ganz der Herr und unterhält die Familie, schon bin ich ein in die Ecke gedrückter Niemand, schon möchte ich mit Sarastro aufs Rad, das ich nie bekommen werde. Schon feiert mein Vater meine Genügsamkeit und wiegt sie auf gegen die Habgier der Frauen (insbesondere seiner Frau) die ihn arm zu fressen drohen, ich wäre ihm eine bessere Frau, verlange nichts von ihm, gebe mich mit einer Schaumrolle zufrieden, kein Wunder, fresse ich doch Sarastro und Frau Rauhbein arm. Schon beklebt er mich mit feuchten Küssen und neugierigen Blicken, schon führt er mich aus Sarastros und Frau Rauhbeins Gegenwart davon und ich brülle und heule und treibe den beiden Zurückbleibenden Schrecken und Unsicherheit ins Gesicht, aber niemand hält mich zurück, schon muß ich mich allein wehren gegen feuchte Küsse und neugierige Augen, unbekannte Arme und Beteuerungen, welch genügsame Frau ich ihm wäre. Auch diese Vorstellung geht vorbei und an Sarastros Küchentisch zurückgekehrt weiß ich mich sicher und zähle die Stunden bis mein Vater, mein Vater die Tür hinter sich schließt. Von allen gebrauchten Kleidungsstücken, die mir mein Vater, mein Vater großzügig zu Füßen legte, paßt mir nicht eines; Gott weiß aus welchem Kleiderfundus sie zu mir gelangt sind, doch mein in die Höhe strebender Körper beginnt sich allen mildtätigen Gaben zu widersetzen. Frau Rauhbein muß in die Tasche greifen und der Schulanfang wächst sich zu einer Finanzkrise aus. Die auf Vorrat gekauften Hefte weisen nicht die in der Schule geforderten Formate auf, die Füllfeder schwemmt im Tintenüberfluß Bäche durch die Zeilen, es gibt keine Ersatzfeder für das alte Stück zu kaufen, langsam nagt mich die Panik an und Frau Rauhbeins Revitalisierungsversuche alter Federn bringen keine Lösung. Die neu zu kaufende Füllfeder jedoch stellt das absolute finanzielle Limit des Monats September dar. Die Geographielehrerin weiß das nicht und teilt für die Prüfungen unerläßliche Unterlagen aus, die zu bezahlen sind. Ich renne nach Hause, kein Mensch ist in der Küche, eine Nachricht liegt da, sie sind beim Holzsägen, ich möge nach dem Essen helfen dabei. Ich renne zur Säge, das nimmt ein böses Ende!, ich fresse sie arm, ich werde die Prüfungen nicht machen können, ich werde die Schule verlassen müssen, ich werde zum Gespött aller werden, denn wo gibt es das noch, daß kein Geld im Haus ist, ich werde … Frau Rauhbein schreit mir sofort Arbeitsinstruktionen zu, ich versuche die Säge mit der Geographieunterlagen-Geschichte zu übertönen, sie sieht mich groß an, gebietet

Sarastro, die Säge abzustellen, ich wiederhole meine Geschichte, sie sehen sich an, Frau Rauhbein befiehlt mir, auf der Stelle in die Schule zu gehen und zu sagen, daß sie die Unterlagen jetzt nicht kaufen kann.

Die Scham pocht in den Ohren den Rhythmus der Schritte, der Wind drängt in den Rücken, aus diesem wolkenverhangenen Kessel gibt es kein Entkommen, aus dieser Armut gibt es kein Entkommen, aus diesem Spott gibt es kein Entkommen, aus diesem Erstikken gibt es kein Entkommen, nicht aus der Beschränkung, der Scham, dem Spott, dem Geheiße, dem Pochen, dem Stürmen, dem Regen, dem Schmutz, den nassen Füßen, den nassen Händen, dem nassen Gesicht, den nassen Zöpfen, den löchrigen Strümpfen, den kaputten Federn, den Besenstielen, dem versperrten Bücherschrank, den Wunscherstickungen gibt es kein Entkommen, kein Entkommen, nirgends Entkommen. Kein Vater, keine Mutter, kein Kind, nur die nasse Straße im wolkenverhangenen, winddurchtriebenen, engen Kessel ohne Ausgang, bis zur Schule, die Stufen hinauf, die Stiegen hinauf, atemlos, ins Lehrerzimmer, leer, ins Direktorinnenzimmer, rundlich, blaugekleidet, weiße Fäden im hochgesteckten Haar, braune Augen, schlanke Finger, die die Seiten des Buches bewegen, als wären sie Seidenpapier, was für ein Lächeln, was für ein Mund, was für ein Gruß, was für ein Name: Fontane, Fontäne, Fonte. Sie stützt den Kopf auf die Hand, sieht mich an, hört mich an,

denkt nach, sieht die Unterlagen an, die ich ihr entgegenhalte.
Behalt sie, aber sprich nicht darüber.

Ich laufe, renne, überschlage mich nach Hause, diesmal den Wind im Gesicht, dem Wind die Zunge herausreckend, dem wolkenverhangenen Kessel die Zunge herausreckend, atemlos, den Inhalt der Unterlagen möchte ich in mich füllen auf der Stelle und aus mir holen für sie. Wochenlang trifft mich kein Spott, kein Geschrei, kein Geheiße, nichts trifft mich, einige Zeit finde ich mich in der Quelle der Unverwundbarkeit. Einige Zeit.

Der Oktober bringt Sonne und einen Schulausflug mit ihr, Fontane, Fontäne, Fonte. Ich ziehe Kreise um sie, Pochen im Ohr und Rot im Gesicht, decke die Augen zu vor ihrem Blick, stolpere unter ihrem Lächeln, möchte ihr Antwort geben auf eine Frage, doch der Kehlkopf umklammert die Worte und katapultiert einen krächzenden Laut an ihr Ohr, ich krümme mich unter meinem Krächzen und flüchte. Zuviel der verlockenden Quelle, zuviel, ich bin nur auf bedrucktes Papier trainiert, das keine Antwort erwartet.

Und später, Frau Rauhbeins Garten ist schon fast zu Ende durchwühlt, der Wind klatscht Regen ins Gesicht, die Wolken hängen wieder bis in die Klassenzimmer, ich lebe von Geographie zu Geographie, da stehst du plötzlich vor der Schule, ich knicke ein, falte mich zusammen, lasse den Atem nicht ein noch aus, kann nicht vor, nicht zurück, stehe in den Boden gehämmert und du vor mir, kommst schon auf mich zu, ziehst mich schon zur Schultür hinein, die Stufen hinauf an den Mädchen vorbei, die uns anstarren, dein Haar steht wirr nach allen Seiten, deine Kleidung von Erbrochenem befleckt, du bist die sieben Plagejahre, sie kommt den Gang entlang, Fontane, Fontäne, Fonte, zu spät, es ist alles, alles vorbei, alles, alles, es ist alles, alles Lächeln vorbei, es ist zu spät, du hast sie dir schon gefaßt, läßt mich los und füllst sie mit deinen sieben Plagejahren an, ich flüchte, du gebietest mir, auf der Stelle zu bleiben, ich decke meine Augen zu, meine Ohren zu, das ist die Stelle, an der du mich erlegst, erledigst, mir alles, alles entwendest, entreißt, entziehst, mich beraubst, mir nimmst.

Wüte Winter ins Gemüte / Mir mit Grimm, ich dank' es dir. / Raste nicht, bis hier am Aste / Blieb kein einziger Lebenstrieb. / Sah ich eine Blüte ja / Die allein mir Schmuck verlieh, / Auch verweht im Herbsteshauch. Rückert ist in die Erinnerung zurückgekehrt.

Nach deinem Sermon an sie, die mich nie wieder ansehen wird, hältst du beharrlich Schritt mit mir, obschon ich dir zu entkommen suche, mich dir zu entwinden suche, sinnlos, du setzt dich im Bus neben mich, ich möchte mich verstecken in den letzten Win-

kel dieser Welt, fort nur fort, du gehst mit mir zur Küchentür hinein, die Frau und der Mann bekommen den Mund nicht zu, da breche ich aus, schütte mich aus, brülle, die Panik schleudert mir die Schreie aus dem Brustkorb und noch bevor ich zu mir komme, ist Sarastro aufgesprungen, hat die Tür geöffnet und dich hinausgewiesen. Eine Stunde sitze ich beim Mittagstisch und schniefe in die Suppe, Frau Rauhbein sendet ihrem Gott Gebetsschwärme entgegen, dann holt uns langsam unser Tag wieder ein.
Allein bist du gegangen.

In Geographie verstecke ich mich hinter den Rücken der anderen und tauche ab, ob sie mich ansieht, ich weiß es nicht, ich decke meine Augen zu. In Religion erhebe ich mich nicht mehr mit den anderen zum Gebet, trete statt dessen auf meine Schultasche ein, werde vor die Tafel geholt, weigere mich, das zum Lernen aufgegebene Gebet zu zitieren, streite ab, die tägliche und sonntägliche Gebetsmühle zu kennen und provoziere damit das wiehernde Gelächter derer, die, einschließlich der Lehrerin, Zeuginnen meiner sonntäglichen Kirchgänge sind. Nichts hält mich mehr, ich entwickle mich zur erbitterten Peinigerin in Religion, mag Frau Rauhbein mich prügeln, mag die, die im Direktorinnenzimmer sitzt, mich aus der Schule, aus ihren Augen weisen, wenn es ruchbar wird. Es wird Winter. Nichts geschieht mir. Niemand dringt durch zu mir.

Das Jahr endet, das Jahr beginnt, Ohrfeigen knallen und schallen. Für Frau Rauhbein ist die Sache klar: Der Saufratz treibt nur Unfug, benimmt sich wie die Kuh vorm neuen Tor, hat einen Vogel, ist verstockt, fängt zu allem Überfluß auch noch zu hinken an, nicht genug, daß die Mutter spinnt, beginnt auch schon das Kind. Das Kind reißt sich zusammen, beißt sich zusammen, das Hüftgelenk folgt dem Schmerzprinzip und bremst jede schnelle Fortbewegungsart, das Kind fälscht nicht nur Unterschriften, es wirft auch die Jausenbrote, mit denen es Sarastro und Frau Rauhbein arm frißt, ins Gebüsch und beginnt die Nahrung zu verweigern, sitzt stundenlang vor vollen Tellern und rotzt ins Essen, verbrennt sich den Arm auf der Herdplatte, ist zu nichts nütze, starrt jeden Sonntag auf Alpha und Omega, die Buchstaben, die die Kirchenkanzel zieren, der Phantasie sind die Flügel vertrocknet, es gibt kein Entkommen. Sarastros Lächeln zieht über den Kindskopf hinweg, Theo wurde im Herbst schon abberufen zu höheren Lehren bei geschorenen Mönchen, es gibt keine Gemeinsamkeit mehr, er verbringt seine Nachmittage hinter Schulbüchern und Gardinen, Frau Rauhbeins Kirchwegsgeschichten verhallen im winddurchtriebenen, wolkenverhangenen Kessel, ohnmächtiger Schimpf und wütende Schande prasseln auf den hinkenden Kindskopf herab.

Adi knallt in letzter Winterfreude eisige Schneebälle gegen Schläfen und Ohr des Kindes, das Trommelfell platzt, aber das Kind verkommt nicht, der Vater, der Vater macht seine Aufwartung, aber das Kind verkommt nicht, Pipo tötet im jungen Frühling junge Katzen, Frank tötet im späten Frühling die letzte verbliebene junge Katze, stopft ihr Sand ins Maul bis die Augen brechen und hält das Ergebnis dem Kind unter die Nase, aber das Kind verkommt nicht, es rutscht in den von Fabriksabwässern stinkenden Fluß, verhaut den Geographietest, aber es verkommt nicht. Welch gefriergetrocknete, katastrophengetestete Roßnatur, auf deren einladenden Schultern siebenmalsieben Plagejahre, ja, dreimaldreimalsieben und noch mehr Plagejahre sich akkommodieren. Das Kind verhaut die Tests aus den Hauptgegenständen, fälscht die kenntnisnehmende Unterschrift und wird ins Direktorinnenzimmer beordert.

Fontane, Fontäne, Fonte, sie stützt den Kopf auf die linke Hand, atmet tief, ihre braunen Augen, das Kind – ich stehe und schaue von ihren Augen zum Fenster, schick mich davon, jag mich hinaus, tritt mich in die Ecke, mach mich nieder, alles, alles kann man mit mir machen, alles, ich bin ein verlustiggegangener Stolperstein, kristallisiert, als man mich aus der Hand verlor.

Sie atmet tief ein, atmet tief aus. Du wirst doch für die nächsten Prüfungen lernen? Kann ich mich auf dich verlassen? Ich nicke. Ist diese Unterschrift von dir?

Ich schüttle den Kopf. Jetzt, wo sie mich ansieht, will ich nicht von Frau Rauhbein erschlagen werden für mein Vergehen, jetzt, wo sie mich anspricht, will ich nicht erschlagen werden, jetzt, wo sie mich nicht davonschickt, hinausjagt, in die Ecke tritt, will ich nicht erschlagen werden, darum muß ich den Kopf schütteln, mich schützen, mich weiter bewegen – Du kannst gehen – ich gehe.

Alltag vergeht unter schallenden, knallenden Erziehungsversuchen, in frischer Natur, in die ich flüchte und in der mir für gewöhnlich an der linken Seite etwas fehlt, was habe ich verloren an meiner linken Seite, feingliedrig, dunkel und schön, immer im Laufschritt an meiner linken Seite ..., Alltag auf den Schulwegen, auf denen ich meine Jausenbrote zwischen Hecken verstreue, weil mir der Magen wütend ihren Genuß verweigert, auf meiner verweigerten Nahrung wachsen die Hecken erfreut der Sonne entgegen und ich wachse einem normalen Dasein als Markensammlerin entgegen. Ein leichtes Stück Arbeit, die Normalität. Jeden Nachmittag wühle ich mich durch den Papierabfall der Versandbüros und reiße unter Niesen und feuchtem Papiergestank Marken von den Kuverts und genieße die Meriten dieser nervenberuhigenden Tätigkeit, die mir zudem letzte seltene abendliche Kontakte zu Theo beschert, der ebenfalls sammelt, Marken und unter Argusaugen seiner Mutter bewachte Lerneinheiten.

Meinem Geschick gehen vorläufig die großen Katastrophen aus. Es übt sich in kleinen Elendchen und zwischendurch zaubert es, wer weiß warum.

Sarastro nimmt mich und den Schlitten in den Weihnachtsferien mit auf eine Tour, die er beim höchstgelegenen Gasthaus der Nachbarschaft mit alkoholischen Genüssen würzt, während ich mich an die scheuen, schweigsamen Zwillinge aus der Nebenklasse heranarbeite, die hier zu Hause sind und zu den bäuerlichen Spottattraktionen der Schule zählen. Die Schlittenkufen tragen uns drei. Die Wintersonne beginnt sich schon einzutrüben, als Sarastro aus dem warmen, lauten Gastraum kommt und mich vor sich auf den Schlitten nimmt, dessen Kufen er vor Jahren selbst am Schmiedehammer bearbeitet hat. Wir sausen durch das letzte Blitzen der Schneekristalle lachend über die Felder, die Wege, wieder die Felder, sein Körper gibt meinem Rücken Halt, seine Füße steuern sicher den Schlitten.

Sobald die Erde zu tauen beginnt fängt die Gartenwühlerei wieder an, wieder taut der Himmel den Gerechten Instruktionen dogmatischer Art in weltliche Übel und göttliche Trauer, Warnung und Wut. Seit Jahren steht die große zerstörerische Weltenwarnung nun schon aus, aber die Rauhbeinschen Gebetsschwärme und die Gebetsmühlen aller christlichen Welt scheinen die große Katastrophe noch in Schach zu halten, wie Frau Rauhbein vermutet; ich wäre nicht auf die Idee gekommen, in meiner nutzlosen Gestalt einen konstruktiven Beitrag zu diesem Katastrophendamm leisten zu können, ich setze den Gleichklang der sich wiederholenden Ave-Maria-Formeln ausschließlich als Schlafmittel ein, welches mich freundlich erlöst von den nächtlichen Zitterkälteschweißwälzungen, die mich seit jenem ersten Abend nach der aufgebrochenen Muttertür, Frau Rauhbeins Abendlektüre aus der göttlichen Offenbarung und ihrem Grizzlyraub lange Nachtstunden kosten. Mittlerweile hat sich das Œuvre der Abendlektüre um eine unerschöpfliche Anzahl menschlicher Offenbarungen, die im Quartformat, mit dem glorreichen Namen »Gottes-Kurier« versehen, allmonatlich ins Haus flattern, erweitert. Deren Grausamkeit überflügelt Johannes' Schreckgespenster voll opulenter Phantasie. Tod und Teufel machen mir ihre Aufwartung jede Nacht, den Teufel klinke ich bald aus, zu sehr erinnert er mich an die köstlichen Schokoladekrampusse und so bleiben mir nur mehr schaurige Skelette, die wohl unterm Bett warten, um ihre Knochenfinger nach meinen unbedeckten Körperteilen auszustrecken, so ziehe ich mir die Decke bis ins Gesicht, bleibt nur noch die Nase frei, und durch meine Sprachsynapsen ziehen Heerscharen von Paternosteravemarias jede Nacht, Stunde um Stunde, bis zum Gewöhnungseffekt.

Mit Semesterbeginn kommt ein neuer Lehrer in Geographie, und die Fontäne ist versiegt, ich aber spüre es kaum, auch das Übel wird Gewöhnung, ich bewege mich in sangloser, klangloser Normalität, was geht mich das an. Eine Klasse voll Mädchen buhlt um die Gunst des männlichen Wesens, jede auf ihre Art, in der Vorderbank streckt eine regelmäßig ihr minirockbedecktes Bein aus der Bank in den Gang, hinter mir weiß eine alles und immer, neben mir – ist es leer, vor mir lächelt eine leuchtend seiner Alkoholnase entgegen, ich bin zurückgeblieben, minderbemittelt, durch feuchte Väterküsse geimpft gegen Attraktionen vom Männerplaneten. Was geht mich das an.

Außer Marken sammle ich auch Kreuzworträtsel und betrachte sehnsüchtig die Schriftzeichen auf dem Papier. Bücher sind Schund, so Frau Rauhbein, also erbaue ich mich begierig an alten Franziskanerkalendern, Missionszeitschriften und durchkaue die alten Schullesebücher der Sarastro-Rauhbeinschen in alle Winde zerstreuten Nachkommenschaft, doch wird auch diese Lektüre nur vorübergehend gebilligt, denn die rechte Handhabung des Besens werde ich in meiner auf keine Kuhhaut gehenden Verstocktheit nie beherrschen und sie instruiert mich, kein Besenzugriff ist jemals recht, den Schmutz schmiere ich in den Boden, statt diesen zu kehren, bald werde ich die Tisch- und Sesselbeine abschlecken, um meinen kleinen Beitrag zur Sauberkeit endlich zu leisten. Die Töpfe stelle ich zu laut ins Fach, am Geschirr klirre ich herum, statt es leise an seinen Platz zu zaubern, das Brot schneide ich falsch, es gibt kein Arbeitsgerät, das ich jemals richtig gehandhabt hätte, keinen Platz, an dem ich jemals richtig gestanden, gegangen, gelegen, gesprochen, geschwiegen, getan, gelebt hätte. Es gibt nichts, das jemals richtig an mir gewesen wäre, und mit so einem Tropf muß Frau Rauhbein ihr Auskommen finden, ich möge mich schämen, in den Boden hinein. Meine Scham kennt schon seit langem keinen Boden mehr, daher kann ich Frau Rauhbein auch nicht diesen Liebesdienst erweisen.

Sarastro hält sich fern vom Haus, sooft es ihm gelingt. Wenn die Betriebssirene heult, kommt er aus der Schmiede, zieht sich um und schwingt sich auf sein Rad, ich sehe ihm nach, die Straße hinaus, die Straße hinaus, die Straße hinaus. Am sonntäglichen Kirchgang holt er uns ein auf seinem Mercedes, ich sehe ihm nach, die Straße entlang, die Straße entlang, die Straße entlang. So verlaufen die Stunden. Und die Tage. Und so verlaufen die Wochen. Und die Monate. Von den Minuten und Sekunden besser zu schweigen, je kleiner der Zeitraum, desto vollgepackter mit Gegenwart, sarastroleer, rauhbeinvoll.

Und es wird Sommer, Ferien, Urlaub. Auch Sarastro nimmt sich frei und nimmt mich mit auf seinen Wanderungen in den umliegenden Bergen. Ausnahmezustände. Schweigend gehen wir meist nebeneinander her, selten erzählt er mir Geschichten über die Orte, die wir durchwandern, öfter nehmen wir gemeinsam die Stille auf, die Gerüche, die Farben.

Und eines schönen Sonnenvormittags sitzt er beseligt glänzend in der Küche, wie viele Gläser er schon geleert haben mag bei solchem Gesichtsausdruck, aber er scheint ganz nüchtern zu sein, sagt mir, auf der Veranda warte etwas auf mich und ich gehe hinaus und auf mich wartet ein Rad und er kommt mir nach, beseligt glänzend und trägt das Rad die Stufen hinunter auf die Straße und lehnt es gegen seinen Mercedes und ich habe keine Worte und er hat keine Worte und Frau Rauhbein steht auf den Stufen und lacht und ich schwinge mich auf das Rad und fahre die Straße hinaus. Und wieder hinein. Und wir fahren gemeinsam die Straße hinaus, die Straße entlang, er zeigt mir den Keller, in welchem er geboren wurde, den Ort, in dem er zur Schule ging, zeigt mir, wo er die Zeit außer Haus verbringt. Und eines schönen Sonnentages setzen wir uns auf eine Bank, das Tal unter uns, Felder, Wiesen, Wald, Bauerngehöfte, Wärme, Ruhe, Schweigen, in das er langsam sagt: Ich werde nicht mehr lange leben.
So ist das also.

Mein Vater, mein Vater macht seine Aufwartung zu Schulbeginn, erfreut sich der Rauhbeinschen Küchenkunst, entführt mich in Ruinen, die Gegend quillt über von Ruinen, er klebt mich in seine Burgfräulein-Raubritter-Phantasien, mit Not entwinde ich mich seinen Armen und tauche ab vor feuchten Küssen, führe ihm meine Kunststücke auf dem Sarastrorad vor und warte, daß er fragt, von wem das Rad sei, warte und warte nur auf diese eine Frage, verrenke mich nach dieser Frage hin, die Antwort schießt ständig durch mein Hirn; dann schließt er die Tür von außen und fährt die Straße hinaus.

Frau Rauhbein verkündet mir Mutterbesuch. Noch gibt es keine Raumfahrt für mich und auch kein Verschwinden durch den Boden hinab, noch muß ich erwarten, was da kommt. Ausnahmezustand. Es ist nicht aufzuhalten, sie kommt, sie kommt, ißt ruhig und fröhlich mit uns, erzählt von ihrer Arbeit und den Menschen um sie, lacht, freut sich, lächelt, zieht mich in ihr Lächeln, schon beginne ich mich zu wickeln, um ihren Finger zu wickeln, das geht ganz von selbst und ehe ich mich bremsen kann, ziehe ich schon in ihrem Schlepptau der Stadt entgegen, eine Stunde zu Fuß, genug Zeit zu hören, zu sprechen, zu fragen, zu antworten. Am Stadtrand weiß sie schon, daß ich keinen anderen Wunsch habe als Kleidung, in der mich der Spott nicht mehr trifft, Kleidung, hinter der ich mich verstecken kann, Kleidung, in der mein Zielscheibendasein ein Ende finden kann. Die kleinen Boutiquen habe ich noch nie von innen gesehen, aber sie tritt zielsicher über jede Schwelle und fordert mich auf, zu suchen, was mir gefällt. Mir bleiben die Worte weg, ich wühle schweigend in ganzen Stellagen voll Jeans, mir wird schlecht, schließlich muß ich in die Ankleidekabine, an mir wird herumgezogen und herumgesteckt, die Änderungen sollen bald fertig sein, Weihnachten läßt grüßen, vorerst stolpere ich mit einem Dernier-cri-Pullover auf die Straße.

Ich spüre ihre Gegenwart wie vor langer Zeit, als ich meiner Mutter Kind werden sollte. Was ist geschehen? Was geschieht? Was ist mit ihr geschehen? Kein Gift, kein Feind, weder Verfolgung noch Entführung, noch Strahlen, noch Tod, noch Teufel, noch Angst. Ihre Augen leben, ihr Mund lebt, ihre Stimme lebt, ihr Körper lebt. Von soviel Leben schwindelt mir. Was geschieht mit mir?

Vorerst bohrt sich mein Zehennagel immer tiefer ins Fleisch, es schneidet bei jedem Schritt, Wildfleisch wächst, Eiter bildet sich, was geht Frau Rauhbein das an, was geht mich das an?, es wird wie alles wieder heilen und heilt doch nicht, das bilde ich mir ein, immer wilder wächst das Fleisch, wieder hinke ich, was geht uns alle das an. So verhinke ich den Spätherbst und schwimme in Mutteraufmerksamkeit, die mich per Post und Telefon Weihnachten entgegenschaukelt.

Sarastro und Frau Rauhbein schenken mir Schier, ich glaube nicht, was ich sehe, und rote Schischuhe, doch meine Zehe paßt kaum mehr in den Schuh, meine Zehe wird maßlos und hindert mich, pünktlich zu Christi Geburt bei meiner Mutter zu sein; am Fünfundzwanzigsten liege ich im Bett, Theo schleppt mir all seine Geschenke an und stopft mich mit Schokolade voll, um mir den Schmerz zu versüßen, am Sechsundzwanzigsten reiße ich mich zusammen und hinke zum Bus, werde von einer sorgenden Mutter abgeholt, heimgebracht, an den Tisch gesetzt und bewirtet mit dem Schlaraffenland. Ich treibe dahin in Seligkeit, vergessen die Nagelbretter, über die ich hierhergelangt bin, vergessen im Schlaraffenland und in Umsorgungswellen, die mich umspülen bis hin zur schmerzenden Zehe. Stolz spanne ich mich der Kamera entgegen im neuen Gewand, das mich aus dem Zielscheibendasein holen wird und strahle durch die Stunden. Am Siebenundzwanzigsten werde ich zum Chirurgen gebracht, der meiner Zehe den Nagel zieht, ich heule angesichts des Blutes und spüre doch keinen Schmerz. Sorgsam packt der Arzt meine Zehe in Mull und bittet mich zum Rendezvous in zwei Tagen, ich fühle mich ich, er hat mich behandelt. Alles dreht sich plötzlich um mich, von so viel Aufmerksamkeit schwindelt mir.

Die neue Mutter badet meine Zehe und geht behutsam mit ihr um, geht behutsam mit mir um, ich lese im Bett, niemand reißt mich in die Wirklichkeit, die Wirklichkeit ist sechzig Kilometer von hier, hier das Schlaraffenland. Der Arzt bekundet mit samtener Stimme seine Zufriedenheit mit dem Heilungsprozeß und verabschiedet mich lächelnd, das ist zuviel, alles, alles ist mir über den Kopf gewachsen, hoch wie eine Palme über den Kopf hinaus schießt die Liebe aus dem Grund.

Ich will nahe hin zur Liebe, ganz in ihre Arme. Nahe, nahe hin; ich krieche zu meiner neuen Mutter ins Bett und schmiege mich an sie, nahe, nahe hin.

Dann fängt die Schule wieder an und ich werde in den Bus zurück in die Wirklichkeit gesetzt.

Seit ich den mütterlichen Honig, die Kekse und die Nähe geschmeckt habe, wird mir die Wirklichkeit bitter, verschwommen, alt und schwer. Es gibt anderes für mich, sechzig Kilometer entfernt hat sich etwas aufgetan auch für mich und ich bringe die Wirklichkeit nur mehr widerwillig hinter mich.

Eines Nachmittags im Frühling taucht die Fürsorgerin auf und läßt mich in der Frage zappeln, ob ich wieder bei meiner Mutter leben will. Frau Rauhbein beobachtet mich von der Seite, ich zapple immer stärker, schließlich dem Ja entgegen, das leise und ängstlich die Spannung löst. Nun gibt es kein Zurück mehr, nur Kommendes, das mich durch die letzten Schulmonate trägt.

Im August ist es soweit. Frau Rauhbein versieht mich noch mit Erinnerungen, eine Uhr macht sich auf meinem Arm ungewohnt, den Wunsch nach einem Sternenring las sie mir von den ihn begierig anstarrenden Augen ab. Meine Sachen werden gepackt, viel Altes, dem ich endlich doch entwachsen bin, landet auf dem Müll. Theo sagt mir zum Abschied, ich sei zu fett. Nach langem Winken, die Straße hinaus, so lang und naß, die Straße hinaus, sitze ich wieder einmal im Bus, der mich ständig hin und her trug und trägt zwischen den Stationen. Frei werde ich sein und leben bei der neuen Mutter! Sie ist eine fröhliche Schönheit geworden, die genüßlich den Duft der Rosenblüten einsaugt und alles Schöne verdoppelt durch ihren Blick. In Rot und Blau kleidet sie sich, in Samt und Seide; meine Suche nach meinem neuen Äußeren begleitet sie. Wir sind beide neu und die neue Nähe ist bis ins Schwindelerregende spürbar. Vor dem Urlaub läßt sie sich Haare und Brauen färben und wirkt fremd. Etwas Fremdes ist da.

Unser neuer gemeinsamer Sommer führt uns wieder in die Berge. Ihre Schwester, die Magd Christi, erwartet uns freudestrahlend an der Busstation. Sonne, Jubel, Heiterschein ... Wieder stürzen Menschen zu Tode, wieder steigen Menschen in die Felsen, wieder werden Begräbnisse erledigt, wieder suchen wir heilige Stätten auf, wieder gibt es Regen und Dunkelheit und etwas Fremdes breitet sich aus. Langsam, aber stetig. Die neue Mutter wird ernst und verschlossen, kein Lachen mehr durch unsere Tage und Abende, keine Nähe bleibt bestehen, etwas senkt sich, senkt sich, senkt sich, tief über die Berge und uns. Die Magd Christi verharrt lächelnd neben uns, läßt sich nicht beirren, lächelt und lächelt und betet mit, neben, hinter, ohne uns. Wir machen eine weite Tour in die Berge, das Dunkel senkt sich immer tiefer, am Fuß des Gletschers will die Mutter plötzlich hinauf, nur hinauf, mit Straßenschuhen will sie zwischen die Spalten und ins ewige Eis, mit Straßenschuhen ins ewige Eis, ich heule, tobe, brülle sie an, halte sie am Arm, ich falle außer mich, ich laufe auf Grund an meiner neuen Mutter, die wieder ganz die Andere ist, die wieder Eis ist, die Gletscher ist, die mit tödlicher Ruhe mein Toben ignoriert. Wir stehen am Abgrund und niemand hält uns auf, wir stehen tödlich nahe am Abgrund und langsam nur läßt sich die Andere, die Frühere, die Mutter gewesen war, vom Gletscher fortbewegen. Ich werde starr und nichts löst mich, weder Lächeln noch Gebet der Magd Christi, noch irgendein Wort. Ich werde starr und starrer und würge der Freude, würge den Träumen das Leben ab. In der auf die Gletschertour folgenden Nacht verflucht der Gletscher im Bett neben mir leise zischend die halbe Menschheit und zischt und flucht, ich schwitze und warte aufs Sterben vor Angst, aufs Sterben, hoffe aufs Sterben wie noch nie, aber es geschieht mir nicht, ich muß die ganze Nacht die zischenden Flüche hören, jeder Fluch ein Zucken, was kann noch zucken an mir, sich noch in irgendeiner Weise bewegen an mir, was ist noch nicht gänzlich starr an mir, starr vor Angst, vor Zorn. Die Nacht ist lang, lang ist die Nacht und kein Sterben entläßt mich aus dieser Nacht.

Die Magd Christi hört sich ruhig meine Nachtgeschichte an und rät mir, die Fürsorgerin in Kenntnis zu setzen, so gehe ich und tue ich und bringe meine verwilderte Fremde mit dem bösen Blick zurück in die Hauptstadt, setze sie ab in ihrer Bleibe und verabschiede mich, um Frau Rauhbein und Sarastro meine neuerliche Aufwartung zu machen.

Während ich bei Frau Rauhbein am Mittagstisch sitze, wird die Verwilderte zwangseskortiert in die Psychiatrie.

III

Flieg, Marienkäfer, flieg,
die Mutter ist im Krieg,
der Vater ist in Pommerland,
Pommerland ist abgebrannt,
stirb, Kind, stirb.

Der Rauhbein-Sarastrosche Beschluß ergibt, daß ich bei ihnen nicht mehr bleiben kann. Wo ist ein Sein für mich. Frau Rauhbein führt mich in den Fürsorgehafen, mir ist jegliches Fremde willkommener als alles zuvor.

Willkommen heißen mich Christusbräute aus einem mir bisher unbekannten Stamm, nun bin ich wieder gelandet, gelandet wie noch nicht zuvor in der Kirchenmitte, auf Gedeih und Verderb in Christi Tischgesellschaft. Das Essen schmeckt.

Noch hat die Schule nicht begonnen, der Schülerinnentrakt des Heims ist abends vollkommen still, die Schritte der Christusbräute hallen im Gang. Doch ich bin nicht ganz allein, im Zimmer neben mir schläft eine Schönheit, Christi Exklusivbraut muß sie sein, ihre Augen spielen verschiedene Funkelarten, leicht bewegt sie sich, wie auf Mokassins und als hielte die Schwerkraft ihre geschmeidige Gestalt in perfekter Harmonie, um die Erde bei jedem Schritt eben nur

leicht zu berühren. Ihr Lachen schaukelt mich in die erste Nacht, ihren Atem möchte ich hören.
Die Liebe bricht aus.

Auf jeder Note ihres Lachens spaziere ich durch die nächsten Tage, die Mauer rund ums Haus sehe ich nicht, nur das Tor, das mich ins Zentrum ihres Lachens ließ. Langsam, langsam bröckeln die vergangenen Zeiten von mir ab, ich gleite in die Kunst des Vergessens und ins einfache Dasein von Sekunde zu Sekunde, die äußeren Notwendigkeiten ziehen an dieser gänzlich neuen Daseinsform vorbei, ohne sie zu stören. Ich, Zoe, das Leben, nähere mich meinem Namen an.

Die Mauern halten mich geschützt vor dem Draußen, welches meine verwilderte Fremde ist, fern ist sie mir, ferngehalten durch Besuchsverbot, durch Eingesperrtheit in einem Haus in einem Park zwischen Nadelbäumen, hinter Gitterstäben, niemand zwingt, niemand bringt mich auf jenen Nadelbaumgitterstabplaneten, auf dem Wirrnis und Schreie herrschen. Vorerst.

Bald taucht sie aber wieder auf, in meine neue Welt hinein, in meine neue Daseinsform hinein, strahlenden Gesichts hält sie mir Trauben von ausgesuchtem Aroma unter die Nase, Herbst ist es, die Trauben sind köstlich und frisch, die Schule hat begonnen, ich in-

mitten von Menschen, die lachen und laufen und täglich Neues in ihre Köpfe pressen, ich inmitten von kichernden, schwätzenden Mädchen mit duftendem Haar, inmitten von Mädchen, die unter Aufsicht von Christi Exklusivbraut ihre Nachmittage hinter Büchern verbringen, ich inmitten einer überraschenden Welt des Lebendigen bekomme Besuch vom andern Planeten. Strahlenden Gesichts hält sie mir Trauben unter die Nase, doch sie darf nur kurz bleiben, wollte mir nur eine kleine Freude machen, muß schon wieder gehen, freut sich so, mich zu sehen und hoffentlich auf bald, will sie mich auch anrufen, bald, hoffentlich, ist sie wieder frei, iß, die Trauben sind gut. Von ausgesuchtem Aroma sind die Trauben. Abend wird es, die Glocke läutet zum Essen, im Speisesaal sitzt schwatzend und kichernd meine neue Welt beisammen und eine der stillsten Christusbräute teilt das Essen aus. Ihre Gesichtshaut ist von roten Äderchen durchzogen, ihre Augen hell, ihr Dialekt höchst sonderbar, von ihrem Lächeln hole ich mir von Zeit zu Zeit.
Und im Zimmer die Trauben. Ich esse alle auf einmal.

In der Schule ereilen mich Noten, wie ich sie seit Jahren kaum mehr sah, ich bin scheinbar nicht gänzlich stumpf und dumm, von irgendwoher muß mir ein neues Gehirn zugewachsen sein, das unter den Augen der Exklusivbraut im Studiersaal Lernstoff frißt, Bücher verschlingt, Spottpoeme ausspuckt und von Gottes Geistestaube umflattert Übungen zur Charakterstärkung im Poesiealbum kommentiert. Nach kurzer Zeit schon entwindet sich der Charakter gelangweilt seiner Gymnastik und landet in Exupérys Stadt in der Wüste, von wo er sich weiterbegibt auf eine andere Suche.

Sarastro ist weit fort, fast nicht mehr vorhanden, verschollen am Sarastro-Stern. Meine Fasern zerflattern in alle Winde und reißen bald hierhin, bald dorthin, rächen sich an mir, weil sie Mangel leiden, suchen nach einem exakten Muster und jagen mich durchs Fieber nach jeder Niete. Ich bete von weitem Sarastro-Attrappen an und übe mich in Voodoobeschwörungen, indem ich eine Puppe fertige, nach seinem Ebenbild. Am Wochenende treibe ich meinen Zauber, wenn ich aus der Kirche komme, vor deren Tür mir eine Sarastro-Attrappe, die hinter siebenmalsieben Wällen ihr allerheiligstes Menschsein vor der Welt verbirgt, Zettel in die Hand drückt, um sie zu verteilen und mich etikettiert – ich bin brav –, wenn ich tue, wie mir geheißen wird. Meine Attrappen explodieren, wenn ich allein bin im Heim und die Gänge still sind, meine Beschwörungen pflastern meine Wege. Aber ich gebe die Suche nicht auf, meine Beschwörungen nehmen sich Worte zu Hilfe, um mich nicht zusammen mit all den Attrappen platzen zu lassen, zerfetzen, verkommen, zerstäuben zu lassen. Aus Staub bist du und zu Staub wirst du. So bald noch nicht. Es muß etwas geschehen. Ich muß durch Leistung glänzen, um eines Sarastros Aufmerksamkeit auf mich zu lenken, hierher, hierher, hier arbeitet ein gänzlich neues Präzisionsgehirn. Ich glänze und blinke ein Schuljahr lang, einen Firmunterricht hindurch, erobere mir den ersten Preis in einem Redewettbewerb, werde vor der Firmung von Fieber heimgesucht, werde im Dom beim falschen Namen genannt, werde unter falschem Namen gefirmt, die Segnungen der Kirche gelten nicht mir, Zoe. Die Fremde, die meine Mutter ist, bestand auf Frau Rauhbein, unter deren Patenschaft die heilige Geistestaube über mich kommen sollte, Frau Rauhbein bleibt dem Ritual fern, ich bin aufgefordert, danach die sechzig Kilometer zu ihr hinter mich zu bringen. Die Fremde, die meine Mutter ist, ist nicht geladen. Frau Rauhbein räumt mir im Hagel der Beschimpfungen die letzten Reste einer nicht mir geltenden, zufällig über mir zum Ruhen gekommenen heiligen Geistestaube ab, ich bin zu spät zum Essen, habe mich in der Tat mit den während des Rituals anwesenden Brüdern und Schwestern der Fremden, die meine Mutter ist, vergnügt und den späteren Bus genommen. So endet der Tag mit einem ausgeräumten Taubenschlag.

Christi Exklusivbraut ist für alle gleichermaßen da, nicht exklusiv für mich, auch wenn meine Wünsche diesbezüglich in den Himmel wachsen, dort sagt ihr niemand, daß ich zu ihr will, nur zu ihr und zu sonst keiner, die heilige Familie ist zahllos wie der Sand am Meer und klein sind wir vor Gott, wie ein Sandkorn, so klein und ohne Bedeutung unsere kleinen Wünsche, groß werden wir erst, wo wir teilen und lassen können und uns in Demut beschicken mit dem uns zugedachten Teil. Der mir zugedachte Teil läßt mich hungern am gedeckten Tisch, ständig sitzt sie oder eilt sie mir vor der Nase herum und doch gibt es sie nicht für mich, keine Sarastro-Attrappe, keine Exklusivbraut, keine Exklusivbehandlung, ich bin ein verkommenes, gefräßiges Wesen, das nie genug bekommen kann vom Nichts. Und so reißen mich meine Fasern weiter in alle Winde und jagen mich auf der Stelle, von der ich nicht komme, solang mich keiner erlöst. Wo ist ein Erlöser für mich.

Die Ferien erlösen mich in die Arme der Fremden, meiner Mutter, die sich so freut und wir gemeinsam und ich mit ihr und sich so freut und mich schon geraume Weile jede Woche einmal von der Schule abgeholt und meine Garderobe für erneuerungsnötig befunden und jede Woche angerufen im Heim und die Besuchszeiten ausgedehnt und mich vor der Firmung im Fieber gepflegt und mir Schokolade gefüttert und – jetzt mit mir in die Ferien.

Wir quartieren uns ein in der Mozartkugelstadt und genießen einen Tag, zwei Tage, ich rebelliere zwischendurch, drei Tage und am vierten Morgen steht sie als Fremde vor meinem Bett, auf- und abpatrouillierend, die Wand fixierend, mich dirigierend, wie man sich zu verhalten habe wenn Gefahr in Verzug, ich verzweifle kurz und stopfe die Panik dann zu in mir mit aller Gewalt, ich habe zu überlegen, wie wir schnellstens ohne große Gastvorstellungen aus dieser Stadt kommen. Ich wüte und tobe um einen baldigen Abreisetermin, was die Rachegöttin nicht ein Augenzwinkern kostet, doch aus Gründen der Verfolgung, die ihr gilt, befindet sie plötzlich einen früheren Rückreisetermin für zwingend notwendig.

Ich weiß, wohin ich mich zu wenden habe, alles andere geschieht, wie es scheinbar zu geschehen hat.

Mein Alter hat die Zumutungsgrenze des Wahnsinns endlich offiziell erreicht, so werde ich angehalten, die Rachegöttin im Städtischen Krankenhaus zu besuchen. Ich stehe vor der weißen, alten milchglashinterlegten Doppeltür und sehe Schatten sich nähern und entfernen und nähern und entfernen, immer dieselben Schatten im selben Rhythmus sich nähern und entfernen, ich läute, presse meinen Namen, ihren Namen in die Gegensprechanlage, werde nicht verstanden, wiederhole meinen Namen, ihren Namen, es wird mir aufgetan, einer der Schatten bemüht sich um einen eiligen Schritt auf mich zu, bewegt sich wie auf Stelzen, die aus den Hüften wachsen, auf mich zu, bleibt kurz vor mir stehen, wirft den Körper zur Seite, sieht mich aus dick verquollenen Augen an und doch nicht an, ich habe noch nie Haare so sich nach allen Seiten spreizen sehen und dieser Raum ist voll von Stelzenmenschen, deren Haare sich nach allen Seiten spreizen und deren Augen kaum aus den aufgequollenen Gesichtern sehen, deren Münder nach unten hängen, deren Züge gelähmt sind, deren Körper elektroschockerfahren sind, deren Seelen panikerfahren sind, deren Panik in den Körper gelähmt ist, deren Hirnchemie mit Medikamenten zur Funktionstüchtigkeit gedrillt wird, wie gerne hätte ich die Hirnchemie meiner Fremden, meiner fremden Mutter endlich zur Mutterfunktionstüchtigkeit gedrillt, wie gerne hätte ich ihre Gesichtsmuskeln auf Lächeln programmiert, wie gerne verschwände ich aus dieser Programmierstation, in der es einen Spezialraum für Zornesmütige gibt, gut einsehbar toben sie in hoch vergitterten Betten, festgegurtet an Armen und Beinen toben sie im Zentimeterspielraum, den die Gurte ihren Körpern geben, ein Intervall zwischen in ihre Körper gespritzten Sedativa, die ihre Augen verquellen, ihre Gesichter bis zur Unkenntlichkeit verquellen, ihren Muskeln den Ausbruchsimpuls nehmen, ihren Ausbrüchen Staudämme setzen.

Hier ist kein Platz für Ausbrüche, hier ist ein Planet der Funktionstüchtigkeit, hier möchte auch ich endlich einmal nur lächelnde Funktionen, die mich umhegen, hier lerne ich, daß Ausbrüche in Psychiatrien enden, mein Organismus wird sich hüten, auszubrechen, denn ich will kein elektroschockerfahrener, sedativagedämmter Stelzenmensch werden, ich werde meine Dämme in den Himmel bauen, Sieh nicht hin! höre ich die sedativagedämmte Rachegöttin an meiner Seite in gebremster Holpersprache sagen, das sind ihre ersten Worte an mich, und: Du hast keine Ahnung, man gibt uns Elektroschocks, und: Sieh nicht hin, und: Man will uns umbringen. Ich will nichts hören, sehen, spüren, wissen, verstehen, Stein um Stein lege ich auf meine Dämme, prachtvoll wachsen sie in den Himmel, wie Geschütz ich bin, wie Geschütz ich werde, wie fort und vergessen ich will und unkompliziert fröhlich sein, wie unkompliziert fröhlich ich werde, auf meinen Dämmen spazieren die fröhlichen Menschen draußen, die polternde Oberbraut Christi, die funkelnde Exklusivbraut; die sanfte Nahrungsbraut sieht mir still in die Augen, ihre Augen ein warmer See, ich falle nicht hinein, ich bin unverwundet unkompliziert fröhlich hinter den Dämmen, ich lege mich in keinen warmen See, ich will nicht schwimmen in Tränen, keine Ausbrüche in mir, ich lächle ihr fröhlich und unkompliziert in die blauen Augen, für mich war ein warmer See, aber ich lege mich nirgends mehr hin außer hinter meine Dämme. Die polternde Oberbraut ist zufrieden mit meiner fröhlichen Unkompliziertheit und schenkt mir zum Geburtstag Schweizer Briefpapier erster Qualität, das sind die Meriten der fröhlichen Unkompliziertheit, die sanfte Nahrungsbraut schenkt mir einen Blick, ich retourniere ihn, das Briefpapier behalte ich dankend und beginne Geistesspiele im Christenjargon zu verschicken, das ist angebracht und normal, mittlerweile habe ich mich in Exupérys Stadt in der Wüste so verlaufen, daß ich ihre Tore endgültig hinter mir schließe und mich christlichen Autoren für christliches Jungvolk aus der Zweimalzwei-Meter-Bibliothek der Christusbräute zuwende. Es wird Zeit, meinen Geist an Michel Quoist und Ladislaus Boros zu schärfen (»Wenn die verendete Maus in deinem Kasten stinkt, so schaffe sie fort!«, M. Quoist). Mein Geist spielt sich mit verendeten Mäusen, das ist erlaubt, normal, ich komme an und bekomme Antwortbriefe von einem Studenten der Theologie, den ich anläßlich eines Treffens christlicher Jugend aus seinem ernsten Schweigen grub und in leseerprobte Geistesakrobatik verwickelte. Ich verpuppe mich zum Christenkindermusterexemplar, das sich sicheren Schritts im Christenreservat bewegt und sich auf starren Pfeilern über Absonderlichkeiten erhebt, ein robustes Zuversichtswesen, das auf Gottestheorien seinen Lagerplatz errichtet und »Gott ist die Liebe« als Fahne in die scharfen Winde stellt, ein Wesen hinter robusten Zuversichtsdämmen: auf meinen Schultern, meinem Rücken tummeln sich Mengen mittelalterlicher Schreckensfratzen, jahrhundertealte kirchliche Tradition, in meiner Rachegöttin und ihren Geschwistern zur Auferstehung gebracht und auf meinen Rükken gepackt, hinter mir die Sintflut, aus meinem Gesicht leuchtet das göttliche Liebestheoriekonstrukt. Die Sintflut will mich nicht verschonen, im Rhythmus der fremden Rachegöttin, die meine Mutter ist, die eine Rose ist. Im Rhythmus ihrer Existenzbewegung brandet die Sintflut an mich heran, meine Dämme sind stark und wachsen in den Himmel. Zieht sich die Sintflut zurück lasse ich meine Dämme trocknen und prüfe Stein um Stein in den ruhigen Zeiten, spinne geistesblitzende Wortfäden in Richtung Theologiestudent und gedeihe zu aller Zufriedenheit. Das Kind, das meine Mutter ist, tappt lächelnd heran an mich, mittels Psychopharmaka übergangsweise auf ruhelose Hyperlebendigfunktion gebracht, und legt mir Opfergaben zu Füßen, daß ich nicht zürnen möge, ich weiß keine Reaktion, wie verhält man sich im ständigen Wechsel zwischen Verbrüht- und Gefriergetrocknetwerden, wie nährt man einen Säugling im Zustand der Wüstendürre, wie gibt man, was man nicht hat, ich weiß keine Antwort auf das Kind, das als meine Mutter aus der geschlossenen Abteilung lächelnd an mich herantappt.

Langsam wächst sie aus der chemischen Zwangsjacke wieder heraus und entwickelt die unwiderstehliche Fähigkeit, Sympathie zu wecken in den dammgeschützten Organismen rund um sie. Die mühen sich ab, ihr zu helfen und beizustehen, sie in Rezepte zur gesunden Lebensabwicklung zu zwingen, wie man

Kinder zwingt zu ihrem Glück, die legen ihr Geld aus auf den Wegen, welche zu gehen das Kind meine Mutter freundlich bestimmt angehalten wird, wie man Mäusen Speck auslegt. Die wissen den Kosmos einschließlich Gottes Gestalt und Eigenschaften zu deuten kraft persönlicher Beziehungen zum Allerhöchsten, Heiligsten, die leben zur Rechten Gottes, von seiner Hand gütig geführt und auserkoren, jene armen, verirrten, schuldbeladenen Schafe an Gottes Tischgesellschaft die Krumen des Festmahls aufschlecken zu lassen vom Boden, den sein heiliger Saum zum Krumengastmahl bereitete. Die Letzten werden die Ersten sein unterm Tisch und ihre Rücken geben ein warmes Ruhekissen den müden Füßen der Gerechten.

Der Mensch, der meine Mutter ist, weist auf seine Schuld vor den Gerechten, um Befreiung zu erlangen, Lossprechung von der Schuld, die in Gottes Schuldbuch steht, das Häuflein der Gerechten ist gering, las Frau Rauhbein mit Nachdruck aus ihren quartformatigen Offenbarungen. Und ich bin ihre fleischgewordene Schuld.

Die Frau, die meine Mutter ist, bewirtet mich am Wochenende mit Köstlichkeiten, strahlt mich an mit 200 Watt, freut sich über meine Gegenwart, lacht, singt und bereitet in sich überhüpfender Phantasie Kirchenjahrsfeste vor, verbrämt mit Träumen voll nie gehabter Harmonie, der Mensch, der meine Mutter ist, wächst den Festen entgegen, tanzt den Festen entgegen, leuchtet den Festen entgegen, dann ist Weihnachten, ist Ostern, ist Pfingsten und ihr Tanz bricht entzwei, ihr Leib erstarrt, ihr Gesicht erstarrt, ihre Worte zerstechen die Starre, abends noch gemeinsame Fröhlichkeit, morgens starre Starre, Katapult ins Bodenlose.

Das Häuflein der Gerechten hat mich auserkoren zur Kerkermeisterin des Menschen, der meine Mutter ist. Ich werde aus der Studierstunde in ihre Wohnung geholt, um sie aus der Verweigerung in die Psychiatrie zu bewegen, um sie zu überreden, über sie zu reden, über sie hinfort, über sie hinweg, über sie zu verfügen, sie wird aus Liebe zu mir, sagt man, meint man, aus so Liebe zu mir wird sie, sie wird aus Liebe zu mir in die Elektroschocks laufen, in die Injektionen fallen, den Sedativa in die armlosen Stillstände sinken wird sie ganz gewiß, Mein Gott, wie sie leidet!, tönt eine der Gerechten tränenumflort, die Frau, die meine Mutter ist, reißt ihren Körper empört zur Seite, preßt die Lippen bis zur Blutlosigkeit aufeinander, ballt die Fäuste, verriegelt die Sprache in sich, tief, tiefer, tiefer in sich, krallt sich am Sessel fest, weitet ihre Augen entsetzt in meine Richtung, ich, ihre fleischgewordene Schuld, wurde zu ihrer Kerkermeisterin bestellt, alles, was hier zu geschehen hat, hat zu geschehen aus Liebe. Mich kriecht diese Liebe an, setzt sich auf meine Schultern, ein Vampir, Du mußt verstehen, sie braucht die Behandlung, du hast die Verantwortung. In meiner Hand ihr Leben, ihr Schicksal, ihr Weiterhin, meine Hand auf dem Amboß, der Hammer saust nieder, wie Sarastros Hammer aufs glühende Eisen knallte, immer wieder, immer wieder, bis es die Form seiner Bestimmung annahm. Ich fleischgewordene Schuld habe Schicksal in meiner zerhämmerten Hand, der Vampir auf meinen Schultern hat Kletten ausgefahren und sitzt fest, Jahre, Leben, Jahre; ich soll sie brechen, den Willen des Menschen, der meine Mutter ist, bin ich zu brechen angehalten, kranker Wille, der sich gegen Elektroschocks und sedativagesteuerte Leere wehrt ist nichts wert, kranker Wille gilt nicht, brich ihn immer aufs neue, der Vampir saugt, jeder Willensbruch ein paar Tropfen Leben, das geht sehr langsam geht das, auf meiner zurechtgehämmerten Hand klebt ihr Schicksal, ihr Leben, ich bin instruiert über die glorreiche Aufgabe, die Gottes gerechte Fee mir in die Wiege legte, endlich kenne ich meine Aufgabe. Erst läßt Gott seine Kinder ins Dickicht der Schuld; freien Willens laufen sie seinen Schuldparcours, hierauf läßt er Fleisch werden aus der Schuld und sieht die fleischgewordene Schuld gütig vor, seiner verrannten Kinder freien Willen zu brechen, so hat alles seinen Sinn in Gottes Geschichten aus Gottes Tausendundeinernacht. Ernährt Gott sich von Menschengeschichten, entzünden ihre zerriebenen Seelen die Lichter in seiner Tausendundeinennacht. Das kleine Häuflein der Gerechten Gottes erzählt Gott die Geschichte von Gott und bereitet ihm den Weg, den er zu gehen hat, legt ihm die Worte, die er zu sprechen hat, um wie Amulette, zieht ihm die Gewänder über, die er zu tragen hat, pflegt direkten Umgang mit ihm, ganz so, wie die Frau, die meine Mutter ist, direkten Umgang pflegt mit dem Wahnsinn, dem Wahnsinn Geschichten aus Gottes dunkelster Nacht erzählt und die Geschichten siegelt mit ihrem Leben, dem Siegel der Glaubwürdigkeit. So einfach bietet sich das Leben, so fröhlich und unkompliziert und in rechtem Gottvertrauen bescheiden wir uns dankbar mit unserem vorgezimmerten Geschick, der bergende Schoß Gottes ist mit gerechten Türstehern versehen, die uns den Weg weisen, alles ist gerecht verteilt in diesem Kosmos, die einen weisen, die andern taumeln den Weg.

Der Mensch, der meine Mutter ist, läßt sich noch durch keine Liebe freien Willens in die Psychiatrie verfügen, ein letztes Mal noch entkomme ich der auf meine Überredungstour folgenden Zwangsvorstellung, ein letztes Mal noch bin ich zu jung.

Noch immer gedeihe ich an den übrigen Schauplätzen unkompliziert vor mich hin, der Theologiestudent freut sich über meine lockere Art, Intelligenz mit Tiefgang nicht zur Geistesschwere geraten zu lassen, ich bin ein Christenmusterkind und werde dafür mit seinem Besuch belohnt, just am Tag, an dem mein Vater, mein Vater sich meiner zu erinnern gedenkt auf der Durchreise. Vormittags poche ich dem Mittag entgegen alle Schulstunden hindurch, mittags setze ich mich knallrot, grenzdebil lächelnd und augendeckelgesenkt dem hohen Besuch gegenüber im Besuchszimmer, zwischen mundverzogener Wortformunfähigkeit und krächzenden Kurzantworten auf seine Fragen nach meiner Befindlichkeit wage ich Sekundenbruchteilaufnahmen seines Äußeren, schmale Lippen inmitten hermetischer Bartüberwucherung, nikkelbebrillt, in die Augen schaue ich ihm keinesfalls, er könnte ja meinen, ich lade ihn ein, in meinem Interesse Platz zu nehmen; seine Stimme schaukelt mich, ich säume meine künftigen Träume um sie.

Nachmittags bin ich von meinem Vater ins Bahnhofsrestaurant bestellt, er mahnt mich zur bescheidenen Kuchenwahl, da er nicht genug Geld eingesteckt und die Leute werden denken, eine tolle, junge Freundin hat der alte Kracher, hahaha und nimm den Ring, deine Mutter, diese Verrückte hat ihn mir zurückgeschickt, als ich dich abtreiben, kannst du mir verzeihen, daß ich dich abtreiben? Seine Augen schwimmen, sein Mund bewegt sich genüßlich um den Indianer mit Schlag. Und jetzt muß er zum Zug.

Abends bestellt mich die Oberbraut in ihr Büro, wer der junge Mann genau, der mich zu sehen gewünscht, aha ein Brieffreund, ob ich nun auch schon so, etwas sei eingedrungen in mich, aber mit Distanz, nicht mehr so bald sehen, ich brauche nicht rot zu werden, noch zu jung. Wenn sie wüßte, was er studiert, hätte sie das Briefpapiergeburtstagsgeschenk ewig bereut.

Während der Messen wird mir erstmals der Fürbittenwortlaut bewußt, denn ich gerate in Konflikt mit den Priesternachwuchsfürbitten, ich fürbitte etwas anderes und fühle mich bauchkrampfgeplagt, hirnkrampfgeplagt, schuldkrampfgeplagt ob meiner Umarmnehmträume, ich gerate in Briefkonflikt mit dem Bartüberwucherten, meine Unkompliziertheit ist zum Teufel gegangen, ich Rabenbraten, meine Träume zerreißen meine Träume, ich träume schlecht, das zieht sich hin.

Die Frau, die meine Mutter ist, taumelt wieder auf Sedativa, ihre Bettnachbarin brüllt fortwährend laut: Mei Schatzi is a Psycholog!, und eine andere im Gang heult: Ich will eine Familie!, Joan Baez tönt aus dem Rekorder einer Entzugskrampfenden und Schlotternden: Love is a pain in the ass … Ich will nicht schuldig noch wahnsinnig, noch sedativagedämmt, noch zwangsjackengezwängt, noch laut brüllend, noch krampfend und schlotternd, noch elektroschockerfahren werden, ich will unkompliziert fröhlich sein und schreibe dem Theologiestudenten ein Niemehrschreiben und antworte auf seinen fragenbepackten

Brief, daß ich ein verkommener Rabenbraten und er ein Verbotener sei und ich in schlechten Umarmnehmträumen versickere, nun hat die Sünde zugeschlagen. Ich will keine Schuldbeladene sein. Lang kommt keine Antwort mehr, der Mensch meine Mutter segelt schon hyperaktiv auf Psychopharmaka in der zwischenzeitlichen Freiheit, das Schuljahr geht zu Ende, mein beim Heimeintritt zugewachsenes Hirn läßt mich nicht mehr im Stich, ich erfreue mich formidabler Zensuren, Unkraut verdirbt auch durch Liebe nicht, ich leiste inmitten von Mutter-Vater-Theologen-Unbilden auch wenn mein Damm Risse hat. Kurz vor Ferienbeginn erhalte ich eine Theologentreffensankündigung auf einer kuvertverpackten Karte, die ein zisterziensisches Dormitorium mittelalterlichen Gepräges zeigt.

Die Heimtore öffnen sich den Ferien entgegen, von außen betrachtet sind die Mauern engkaltalt, alle Bräute Christi spazieren mir schon zu beharrlich auf meinen Nerven, ihr Idearium versagt an meinen Träumen, ich beginne die anderen zu verstehen, die dem Ferienbeginn entgegenfiebern und zum Ferienende heulend aus den Elternautos steigen, sich widerstrebend hinter die Klostermauern fügen und noch tagelang rotverweint nach Hause verlangen. Im Heim ist kein dauerhaftes Sein, auch nicht für mich. Daß ich eine Heizdecke brauche, dämmert mir langsam in all der indifferent-pädagogischen Verfrorenheit. Der

Mensch meine Mutter empfängt mich strahlend mit offenen Armen, an denen ich mich vorbeidrücke, hier ist kein zuverlässiges Sein für mich, morgen schon kann sie die Arme zusammenklappen und mich gegen ihre Starre krachen lassen, hier machen wir uns vorübergehende Frühstückssonne, vorübergehend sonne ich mich zum Frühstück in ihrem Strahlen und verziehe meine Mundwinkel zum beiläufigen Lächelversuch, nur nicht zuviel des Schönen, nur nicht zuviel der Zustimmung, nur keine Harmonieschwingungen bitte, morgen schon fährt mir Panik ins Gesicht. Aller Wahrscheinlichkeit nach.

Der Theologe erwartet mich in der leeren Wohnung seiner Eltern, empfängt mich mit dem Hinweis, dort am Türstock habe sich seine Mutter erhängt, aha, lotst mich ins Wohnzimmer, ich sinke tief ins Kissen und lasse Luft ab aus den überblähten Lungen, blase ihn von mir fort, aber er will nicht begreifen, Umarmnehmwünsche und Fortblasungen auf einmal, das ist überquer. Er hockt vor mir, ich rutsche noch tiefer nach hinten und würde mich gern in die Polsterung wühlen, oder vielleicht doch in seine Bartwucherungen, oder eventuell die Lippen zerbeißen, ich nage also an meinen Lippen und panike vor allen möglichen Entsetzlichkeiten, er beugt sich nach vorn, mir drückt es den Brustkorb ein, kein Atem geht ein noch aus, er legt einen kurzen Kuß auf die Waagschale meiner Schuld, ich bin vor- und zurückgerissen zugleich, meine Muskeln zahlen mir die Überquerregung heim und krampfen wie noch nicht gehabt, ziehen sich um meine Knochen zusammen und lassen nicht locker, ich stoße ihn fort von mir, er steht auf, lehnt sich an die Wand, trommelt mit der Hand gegen den Kopf, kommt wieder zu mir, wird fortgestoßen, ich bin wie gelähmt im Kissen, kann gerade noch die Fortstoßhand bewegen, was ist das für ein süchtigmachender Schmerz der ver/langt/sagt, meine Sündenwaagschale kippt in Richtung Schuldnerin, ich werde Gott seinen Nachwuchs schuldig, sein Nachwuchs hämmert die Fäuste gegen die Denkerstirn; Bart kratzt. Seine Augen grünlichbraun, wir schweigen uns an, er betrachtet mich ratlos, dann sagt er, er sei kein Waschlappen, er werde schon fertig damit, was wir nun tun sollen?, ich weiß es nicht, aber ich muß gehen, er muß nach Rom, ich werde die Ferien in Salzburg verbringen, ob er mir schreibt. Dann schwinge ich mich auf mein Rad und spüre meinen Kopf nicht mehr, ob mir mein Hirn davonfliegt im Gegenwind? Neinleider. Fortan plagt mich wie eine ständige Werbeeinschaltung der eine schlechtgeträumte Traum: kratzender Bart an meiner Wange, Arme um meinen Rücken und ich will ihn für mich! Angesichts meiner tieftief gesunkenen Schuldwaagschale zernage ich meine Lippen und stelle mir Gottes Schuldschein vor, aber war Gott nicht die Liebe? funkt es an einer Synapsenschaltstelle, was Gott war, ist nicht klar, schalten die nächsten Synapsen; die katholischenorts und familienseits in Sündenpfuhlkategorien von läßlich bis tödlich sündig geordneten zwischenmenschlichen Leibesannäherungen lassen mich nicht aus der Zange, mein Hirn leistet erbarmungslose Akkordarbeit zur Einordnung meines Falls.

Die Post wird uns nach Salzburg nachgesandt, wir nächtigen in der Wohnung einer Bekannten, die Krankenschwester ist und mit einem Theologiestudenten in wilder Ehe verbunden, ja, so sind sie, die Salzburger Krankenschwestern, schnappen sich die besten Jungmänner aus dem Priesterseminar, sagt eine andere Bekannte, der Mensch meine Mutter antwortet mit überzeugter Stimme, wer sich an einem Priester vergreift, dem folgt die Strafe auf dem Fuß. Mir erzählt sie, wie sie sich auf mich gefreut vor meiner Geburt, wie sie durch Salzburg gegangen in Freude und wie ihr Bruder, damals in Salzburg stationierter Mönch, ihr seine einzige wollene Decke geschenkt, weil sie gefroren, wie sie nach meiner Geburt wieder zu arbeiten gezwungen, mich schrecklich vermißt, da sie mich bei Frau Rauhbein zurückgelassen, wie sie im Priesterseminar einen Job, und wie sie ihr Vertrauen auf einen der vielen Salzburger Beichtväter gesetzt, sich bei ihm ausgeheult und einen Menschen gesucht, der ihr beistehen, wie er ihr schließlich die Türe wies, Gott weiß warum und wie sie in Verzweiflung und Fieber durch die Felder und schließlich bewußtlos vor einer Haustür von Fremden aufgegriffen und von ihrer Freundin, Christusbraut und klerusgehorsam, aufgrund eines Beichtvateranrufs in die Psychiatrie gebracht, Gott weiß warum, und Elektroschocks, sie habe gedacht, man bringe sie nun um, und Psychopharmaka und Hypnose – der Psychiater namenloses Entsetzen aus ihr herausgeholt, aber sie weiß nichts mehr – und schließlich eine andere Arbeit und mich zu Besuch. Ich erinnere mich, wie ich sie mitten in Salzburg verloren, plötzlich keine Mutter mehr da, wie sie mich den Kapuzinerberg hinauf, ich vor Angst brüllte, als ich die rollenden Augen der Peiniger Jesu in den Kreuzwegsgruppen sah, die Augen, ja, du konntest dich nicht mehr beruhigen. Und sie läßt los, abendfüllend, nachtfüllend läßt sie ihre Erinnerungen los, wie sie ein kleines Kind und sich in einer Truhe versteckt, um das Fiepen der zu schlachtenden Hasen nicht zu hören, nicht zu sehen ihre brechenden Augen und nicht zu sehen, wie ihre Schwestern ihnen die Haut abziehen, nicht zu hören das Quieken der zu schlachtenden Schweine; wie sie geträumt, aus dem Wald käme ein goldener Ritter zu ihr, wie sie geprügelt wurde, weil sie die Morgenmesse versäumt wegen zu langer Topfsitzerei, eine Dreijährige in die Morgenmesse geprügelt, wie sie mit ihren Schwestern in den Wald geschickt, Beeren zu sammeln, Waldbeeren, du kennst das wundervolle Aroma, wir hatten sonst keine Süßigkeiten ..., die Schwestern sich vor ihr versteckt und sie in namenloser Angst allein im Wald, es zu dunkeln begann, sie durchs Gehölz kroch, völlig die Orientierung verlor, niemand sie rief, niemand sie rief beim Namen, wie sie plötzlich Schritte hinter sich gehört, in namenloser Angst gerannt, schließlich mitten in der Nacht doch noch vor der Haustür gestanden und man sie geprügelt. Wie sie mit ihrer Mutter in der Hauptstadt Hitlers Rede gehört, ihre Mutter empört auf dem Heimweg Hitler den leibhaftigen Bocksfüßigen genannt und Angst und Schrecken vor der Zukunft, wie sie in Kriegseinsatz mußte, man jede Woche fast Menschen verschleppte, alle wußten, wohin die kamen, alle wußten, daß sie zu schweigen hatten, da sonst der Uniformierte bald vor der eigenen Haustür und man ab ins KZ, wie ihre Mutter selbst Seife herstellte, weil ruchbar wurde, daß aus Menschenknochen Seifen gekocht, wie sie schließlich in eine andere Stadt in Kriegseinsatz gekommen, Kindermädchen bei einem hohen Nazioffizier, wie dessen Sohn seine Mutter gefragt, was aus dem Kindermädchen wird, wenn Hitler gewinnt. – Die wird exekutiert!, wie sie vor Angst fast gestorben und zu Frau Rauhbein geflohen, dann alles Schlag auf Schlag, der Krieg zu Ende und sie endlich sicher bei Frau Rauhbein. Wie sie dann bald einen Mann kennengelernt und Freude und ein Kind von ihm, er verheiratet und sie zur Treppe hinuntergetreten und sie eine Fehlgeburt. Wie sie dann lang allein, so allein, allein, wie sie es nicht beschreiben kann und eines Abends meinen Vater vor der Nase, er sich ganz gentlemanlike vorgestellt, sie eingeladen zum Abendmahl und ihr das Tischtuch vollgeweint vor Verzweiflung über seine Ehe und ihr schrecklich leid getan, sie sich schließlich in ihn verliebt, ein paar Treffen, er lebte in seiner zementierten Existenz, sie ein Kind von ihm, er ihr geschrieben: Wenn du mich liebst, dann handelst du! und einen Geldschein für die Abtreibung und sie ihm den Schein zerrissen zurückgeschickt, er ihr seine Liebe retourniert und ihr gedroht, er habe die ganze Jurisprudenz hinter sich und die Exekutive, er, der Jurisprudente, sie möge schweigen und sich vorsehen ... Der Rest bin ich.

Es kommt keine Post aus Rom, dafür kommt Post von Frau Rauhbein, Sarastro ist tot. So ist das also. Die Fahrt zum Begräbnis zieht an mir vorbei, das Begräbnis zieht an mir vorbei, die Menschen ziehen an mir vorbei, die Blume fällt auf das Holz, nie hätte ich ihm so eine Blume plumpsen lassen, Frau Rauhbein, der Mensch meine Mutter, die Leichengesellschaft, die Fahrt zurück ziehen an mir vorbei, die erste Nacht, der erste Tag ziehen an mir vorbei, die Verwandtenbesuche an mir vorbei.
Sarastro ist tot.
Sarastro ist tot.
Der Mensch meine Mutter richtet jeden Morgen das Frühstück und besieht mich ratlos. Eine Karte kommt aus Rom, ich bekomme saluti da Roma, ich finde mich wieder in der alten Geschichte, wache probeweise auf, finde in der alten Geschichte keinen Platz

mehr, hänge mich dennoch an die alte Geschichte vom Kuß und der Umarmnehmung um wach zu bleiben.

Der Mensch meine Mutter schlägt mir vor, bei ihr zu bleiben, ihr Frühstückslächeln ist göttlich und sonderbar stabil diesen Sommer, die Klostermauern sind engkaltalt, jeden Morgen ihr Frühstückslächeln für mich, etwas für mich, daß ich existiere, sie ist eigenartig stabil diesen Sommer, wir besprechen am Jugendamt die weiteren Umstände unseres Zusammenwohnens und ich hole meine verbliebene Habe aus dem Heim.

Ende August bekomme ich einen Theologenbrief, daß er in Rom den Entschluß gefaßt, zu den Zisterziensern, es täte ihm leid, aber sein Leben, der Weg, ein anderer Weg.
Erledigt zu aller Zufriedenheit.

Ich wüte ihm noch ein paar Briefe ins Kloster nach, bettle und geifere um Antwort, er schreibt mir, ich möge ihn nicht beschimpfen, ich falle in Winterschlaf und wache so bald nicht mehr auf. Krankheiten besiedeln mich, der Atem geht in bronchitisches Pfeifen über, ein Zahn wird mir gezogen, der Mensch meine Mutter fällt in Starre. Sie verliert stündlich fast an Körper, es ist, als löse er sich auf, sie flüstert Flüche und Defensenbeschwörungen in die Nächte, leert den

Haushalt nahrungsmittelfrei, ignoriert mich und meinen Protest, mein Schlaf wird zerrissen in Einzeleinheiten, schließlich ertrage ich keine Minute mehr. Am Jugendamt erhalte ich Handlungsinstruktionen und beginne zu tun, was mir zu tun gesagt wurde.

Nach einem letzten Überredungs-, Bettel- und Wütintermezzo, sie möge sich freiwillig mit mir in die Programmierstation begeben, renne ich zum öffentlichen Telefon auf die Straße, rufe die Rettung, kehre in die Wohnung zurück, finde sie leer, renne die Stiegen hinunter, ums Haus, finde meine zu programmierende Mutter nirgends vor, renne in die Wohnung zurück, mittlerweile ist ein Rettungsauto angerückt, das geht fix, die Rettungsleute warten eine Weile und ziehen unverrichteter Dinge ab, bis zum Abend bleibt die Wohnung leer. Schließlich kehrt der Mensch meine Mutter zurück mit angekotztem Mantel, ihre Körperschleusen haben sich geöffnet, nichts bleibt mehr im Körper dieses Menschen, er ist nicht mehr sicher vor mir, dieser Mensch, wir richten einander ein Folterkabinett, ihr Leben öffnet die Schleusen, ihr Körper verliert sich, ich werde gezwungen, aufzufangen, was noch vorhanden ist, Haut über Skelett, die Programmierstation ist auch eine Ins-Leben-Zwängstation, die sich verlustig gehende Existenz wird immer wieder aufs neue zurück in ihr Leben gezwängt. Ich will keine tote Menschenmutter, ich will ihr nicht beim Exitus die Tür aufhalten, ich will eine lebende

Menschenfrau, ich will diesem Menschen neben mir nicht beim Sterben zusehen, Haut über Skelett binnen zwei Wochen, lang bleibt nicht mehr Zeit, den letzten Rest Körper von der Erde zu reißen, lang bleibt mir nicht mehr Zeit.

Am nächsten Tag nach der Schule ziehe ich ihr die Schlüssel aus dem Schloß, sperre sie ein, schicke dem mir verbliebenen Gottesrest einen Beschwörungsblitz, er möge sie die Fenster vergessen lassen, denn ich will keinen auf der Straße zerschellten Körper, laufe zum öffentlichen Telefon, rufe die Rettung, warte vor dem Haus, bis sie kommen, sie kommen, ich führe sie die Stiegen hinauf, sperre die Türe auf, finde einen zitternden Körper vor, der trockenes Geschirr trocknet, der fragt, was das hier solle, was man von ihm wolle, was will man von diesem Körper, der fast nicht mehr ist, von diesem zitternden Körper, der seine Panik in die Augen leert, der fast aus den Augen fällt, der ersucht wird mitzukommen, der sich weigert, die Worte in sich verschließt und sich stumm an die Tür krallt. Die Frau, die meine Mutter ist, wird mitgezerrt, die Panik bricht aus, während ich die Tür versperre, ihre Schlüssel, sie will sofort ihre Schlüssel, sie wird die Stiege hinuntergezerrt, krallt sich am Geländer fest, wird weitergezerrt, ich komme nach, sie fordert ihre Schlüssel, ich zeige sie ihr und sage, sie bekomme sie gleich, in mir macht sich eine bestialische Stille breit, meine bestialische Stille erträgt alles, es ist alle Regung still, während ich sie brüllen höre: Ich will nicht sterben! und ihren Ausbruch auffange in Niemehrvergessen, ihren Schaum vor den blauen Lippen, das Todesentsetzen in den Augen, das Todesentsetzen, das Todesentsetzen. Die Fäuste ums Geschirrtuch geballt. Ich sage ihr in bestialischer Ruhe: Du wirst nicht sterben, sie beginnt zu schluchzen: Die bringen mich um! – Du wirst nicht sterben – Die wollen mich umbringen, so begreif doch, warum begreifst du nicht! – Du wirst nicht sterben, ich garantiere es dir. Was kann diese Menschenfrau noch mit Garantien von mir, was kann hier noch jemals wieder zusammenfinden und glauben, wie sollte hier jemals wieder Glauben an Lebensworte werden, wie wird mir jemals ein Wesen noch trauen, wie werde ich jemals mein Spiegelbild wiedererkennen nach diesem Tun.

Nach den Aufnahmeformalitäten überreicht sie mir das Geschirrtuch, sieht mich an: Komm mich bald besuchen. – Ja, morgen schon.

Die Wohnung ist leer, menschenleer, nahrungsmittelleer, leer. Mein Geld reicht noch für ein paar Semmeln. Die Nacht ist leer und lang. Katzen halten ihre Vollmondspiele ab vorm Fenster, ich werfe einen verschimmelten Apfel nach ihnen, es wird still. Still, leer und lang.

Nach der Schule ins Krankenhaus, nach dem Krankenhaus steht Frau Rauhbein vor der Wohnungstür, steht schon eine halbe Stunde, ganz in Schwarz gehüllt. Sarastro ist tot. Ja. Sie ist lautgebremst, bewegungsgebremst, klein, hilflos, verlassen, alt, zerfahren, zerfiedert. Sie hat Nahrung mitgebracht und beginnt zu kochen, aber poltergebremst, klein, still, zerfiedert. Beide sind wir klein, still, zerfiedert, sie fragt, warum ich nicht eingekauft habe, ich schäme mich der Wahrheit, sage es dann doch, sie ruft ihren Gott und versucht mich zu stopfen, still sitzen wir einander gegenüber in der stillen Wohnung, die Uhr tickt, sie beginnt zu erzählen, sie habe Sarastro im Halbtraum hinter einem Vorhang gesehen und ihm gesagt: Ich will zu dir! Er habe gesagt, er wisse ja, aber das ginge nicht. All unser zusammengesammeltes Zueinanderwollen geht nicht, geht nicht, Frau Rauhbein, wir gehen nicht, nicht zueinander, wir sind stillkleinleer und gehen zu Bett.

Ich bewache ihren Atem, in Panik, er könne sich zu Sarastro schlagen, hinter den Vorhang, ich schlafe nicht, bewache die ganze Nacht ihren Atem.

Kein Frühstückslächeln, aber Frühstücksatmen, dann gehen wir auseinander, sie steckt mir Geld in die Hosentasche, lächelt probeweise, nähert sich mir, zieht zurück, drückt ihre Wange schließlich an meine und hinkt davon.

Der Mensch meine Mutter ist fürs erste nicht ansprechbar. Man hat sie in eine völlig neu eingerichtete Station gebracht, dort liegt sie, gelblich-weiß im blütenweißen Bett mit geschlossenen Lidern, die sich beim Hören von Stimmen nur kurz zuckend bewegen, aber nicht öffnen, ihr sich verlierender Körper wird mit Infusionen am Existieren gehalten. Ihr Körper ist hier. Sobald sie die Augen öffnen und erste Worte formen kann, verlangt sie nach Eigenem, Neuem, einer eigenen Bürste, eigenen Strümpfen, eigenem Pyjama, aber neu, nichts Altes darf an ihren Körper, sie schickt mich immer aufs neue um Neues, ich gehe immer aufs neue um Neues für sie, sie soll alles Neue bekommen, was sie will, alles Eigene, sie schickt mich mit dem Neuen wieder fort, da es nicht das richtige Neue ist, kein Eigenes, jede Ornamentik im Stoff, jede Farbnuance wird zum Spießrutenlauf der Zeichen, die sie gegen sich gewendet deutet. Ich lasse mich schicken, wenn sie nur lebt, wenn sie sich nur wieder zum Frühstückslächeln durchgräbt, wenn sie mir, vor allem wenn sie mir nur verzeiht, was verzeiht?, lasse ich mich schicken, bis mir die Spucke fortbleibt.

Wieder ein paar Tage später beginnt sie, mir aus Wortbruchstücken Sätze zu schenken, noch sehr schwer den Sedativa abgerungen und mehr Überlebensrichtlinien in Zeiten des Krieges als Gespräch, aber Sätze. Die Gesichter um sie kennen mich, folgen schweigend meinen Schritten auf ihr Bett zu, folgen schweigend meinen Schritten von ihrem Bett fort, ich kenne die Gesichter um sie. Hier wird programmiert und in die Existenz gezwängt, hier wird gestillt und Leben gerettet. Hier haben sich Veränderungen ergeben. Die Zäune sind fort, das Haus renoviert und vergrößert, die Einrichtungen neu, der Primar neu, die Stationen neu und zum größeren Teil offen. Es gibt keine Elektroschocks mehr, dafür gibt es eine Therapeutin, die dem Menschen meiner Mutter das erste Lächeln beschert. Ich höre und sehe, was möglich ist und beginne der Hoffnung einen Gastplatz zu richten in mir. Schneller treibt sie das Lächeln der Freiheit entgegen, schneller als sonst, gut ist es, mit einem Menschen zu sprechen. Du weißt nicht, wie gut das ist, sagt sie und ich betrachte voll Staunen die zarte Frau, die ihr all das Lächeln entlockt und ihrem Inferno einen Landeplatz bietet, ob dieser Platz sie befreien wird, das ist gänzlich ungewiß.

Rasch wird der Hoffnungsgastplatz wieder ausgeräumt, der Inferno-Landeplatz ist nur für Patienten unentgeltlich, sobald sich die Stationstür zur Freiheit öffnet, ist jede Therapeutinnenstunde zu bezahlen und das Geld haben wir nicht, dieses Geld haben wir selbst in unseren buntesten Hoffnungsträumen von therapeutischen Erlösungen nicht.

Der Rhythmus der Frau neben mir, der Frau, die mich geboren hat vor Jahren, bestimmt jeden meiner

Schritte. Ich lebe in Quarantäne, nur am Morgen öffnet sich die Tür für meinen Schulweg, nach der Schule schließt sich die Tür und wenn ich allein nach draußen verlange, wird jeder meiner Schritte telefonisch überwacht, ich bin in Haft und bewache jede Regung des Menschen neben mir, Untertöne, Obertöne, jedes Minenspiel prägt sich meinem Gedächtnis ein, jedes Geschenk für sie überprüfe ich auf seinen möglichen Katastrophengehalt, auf seine mögliche Zeichenfunktion für die breite Katastrophenzeichenpalette des Menschen neben mir, Kerkermeisterinnen sind wir einander geworden. Jedes Fest ein vorsichtig zu durchpirschendes Minengebiet, der Hauch des Schattens einer Regung in ihr genügt mir zu wissen: es ist wieder soweit und die Quarantänestation schaltet auf Alarm. Jedes Fest wälzt sich mit Sehnsüchten durchmint heran. Die Vorbereitungen schon werden zur Falle, in der ihr Eifer sich überschlägt und kein Maß mehr findet, dem sie genügen kann. Sie, die Frau neben mir. Ich verlange immer vehementer nach draußen, sie ergeht sich in immer wilderen Destruktivphantasien meines Geschicks im Draußen. Wir machen uns das Leben im Kerker zur Qual.

Frau Rauhbein schreibt Briefe; zwischen ausführlichen Instruktionen zum Verhalten anläßlich des nah bevorstehenden Gottesweltgerichts schlingt sich ihr gebieterisches: Komm!, mit jedem Brief verlieren die Instruktionen an Raum, gewinnt ihr Komm! an

Raum, wird ein: Laß mich nicht allein! wird ein: Ich kann nicht mehr! wird ein: Hilf mir!, dem ich zögerlich Folge leiste. Frau Rauhbein verfällt, ich sehe ihrem Körper beim Atmen zu, sie geht an Stöcken und hält von ihrer Küche aus ihre Welt in Schach. Sie lernt zu schweigen über Gottesweltgerichte, lernt leiser zu werden, lernt Aneinanderschmiegen, fordert Abschiedsnähe, hält aber immer noch, noch immer ihre Welt in Schach. Gottes Schuldbuch muß irgendwo in ihren Kästen verborgen sein, denn sie zählt ganze Leben voll Schulden und Sündenfällen auf, weiß ihrer Schwestern und Brüder Vergehen aus langen Jahren im Schlaf zu deklamieren und will ihre Welt durch tagtägliche Zeremonien dem Purgatorium entreißen. Zeremonienmeisterin von Sodom und Gomorrha, Frau Rauhbein, eine strenge Vestalin, deren Träume zermahlen wurden vor langen Zeiten schon. Menschen wollte sie heilen lernen, ein Teilchen dieses Traums wächst als Kräuter in dem Garten, welchen sie bis zu ihrem letzten Atemzug nicht zu lassen geschworen hat.

Bald pendle ich zwischen der Schule, dem Menschen meiner Mutter und ihren zwei verschiedenen Aufenthaltsorten, Frau Rauhbein und dem immer neu zu erkämpfenden Draußen. Eng die Gassen, die Stadt, die Wohnung, das Sein, enge Welt, die ich hinter mir lassen will bei erster Gelegenheit. Frau Rauhbein will mich nahe wissen, der Mensch meine Mutter will mich noch näher wissen, ich will das Weite suchen. Die Bäume vorm Haus, sagte Frau Rauhbein, werden bald gefällt, sie sind ihr lieb und spenden ihr Schatten, die Bäume vorm Haus, der Garten, sagte Frau Rauhbein zum Schluß, der Garten ist noch für den Winter zu richten, allein kommt sie nicht vor dem ersten Schnee zurecht, vor dem ersten Schnee sehe ich Frau Rauhbein nicht mehr, sie schreibt mir einen Brief mit der Mahnung, zu essen und zu trinken, mich gut am Leben zu halten, schreibt mir Frau Rauhbein noch und am Allerheiligentag ist Frau Rauhbein tot. Es entlockt ihr keinen Protest mehr, daß die Bäume gefällt werden, das Haus verlassen wird für immer, der Garten verwildert, die Welt, die sie zurückließ, einknickt, sich wieder aufrichtet, sich zu entgiften sucht in Alptraumnächten, durchwachten Nächten, weiterlebt.

Nur meine Mutter richtet sich nicht auf und steigt immer tiefer in die giftigen Alptraumtage und -nächte hinab. Erst überwacht sie noch angstschnaubend meine Schritte, telefoniert jeden Tag mit der Schule und läßt mich ans Telefon holen, um sich meines Daseins zu versichern, verbittet sich wütend jegliche Andeutung einer Behandlung in der Programmieranstalt, verliert an Körper, schüttet ihr Inneres nach außen. Ihre Schwester, die Magd Christi, will ihr noch Zeit lassen, sich zu erholen, erholen werde sie sich sicher wieder, brauche nur Zeit, während der verbliebene Rest der Familie Gebetsschwärme gen Himmel sendet für die Erholung des Menschen neben mir, der meine Mutter ist. Bald legt sie sich ins unbezogene Bett und spricht nicht mehr, sieht nichts mehr, öffnet die Augen nicht mehr, atmet kaum mehr ins Kissen, sich verlierender Organismus. Ich zittere um sie im Angesicht dieser neuen Sterbensform.

Widerspruchslos läßt sie sich aus dem Dämmern holen und von mir in den Rettungswagen führen, kann kaum mehr stehen, gehen, stützt sich auf mich, wann, wann ist jemals der richtige Augenblick für diesen Weg, den ich im Schlaf kenne, jeden Meter, jede Ampel, jedes Schlagloch im Schlaf kenne, diesen Weg, den ich brüllend und tobend aufreißen möchte mit meinen Händen, unter dem ich mich vergraben möchte, auf dem ich mich zerfetzen möchte und doch bestialisch ruhig neben ihr sitze im Rettungswagen und sie festhalte am Arm, wie aus weiter Ferne festhalte, Kerkermeisterin ich, die sich tobend und brüllend zerfetzen will und statt dessen freundlich in die Gesichter der Rettungsmänner, Schwestern und Ärzte blickt, freundlich und möglichst unkompliziert hinter der Mauer hervorblickt, die der Körper ist.

Die ersten Tage sitze ich am Bettrand, meine gelblichweiße Mutter zwischen den blendend-weißen Leintüchern hebt kaum die Lider, eine Infusion nach der anderen fließt in ihr Blut, im Zimmer herrscht Schweigen, die Augen der anderen folgen mir und jeder meiner Bewegungen, ich sitze schweigend am Bettrand neben meiner schweigenden Mutter von den Augen ihrer schweigenden Bettnachbarinnen fixiert.

Am dritten Tag lehnt sie festgegurtet halb aufgerichtet im Bett, um beide Arme schlingt sich das reißfeste Material, ihre Arme sind voll von Blutergüssen, sie wehrt sich gegen das Gefüttertwerden, die Schwester sagt, sie reiße sich die Infusionsnadeln heraus und esse nichts, ihr Zustand habe sich verschlechtert, ich möge sie füttern, von mir werde sie nehmen. So sitze ich an ihrem Bettrand und versuche, sie zum Essen zu bewegen, doch sie wehrt sich, Du wirst mich nicht zum Essen zwingen! Die wollen mich vergiften!

Am nächsten Tag hebt sie kaum die Lider, angegurtet liegt sie im Bett, Infusionen fließen in ihr Blut.
Tagelang zieht sich das hin.
Wochenlang zieht sich das hin.

Als sie wieder zu essen, zu sprechen, hinauszuverlangen beginnt, ist der Jänner fast vorbei.

So geht das weiter, jahraus, jahrein, der Schmiedehammer donnert nieder, die Bilder des Kindseins verbleichen, das Haar beginnt zu ergrauen. Wir leben eine Weile und kosten die Früchte vom farbenstrahlenden Marktplatz, dann vegetieren wir und kommen abhanden der Welt. Irgendwann ziehe ich meine Hand, in die vermeintlich ihr Schicksal gehämmert wird, unterm Schmiedehammer hervor, wir gehen getrennte Wege, die treffen sich wieder bisweilen. Dann wird meine Mutter, die Rose, ihres Schicksals müd und müder und läßt die Schemen immer öfter unbeachtet vorüberziehen. Die Sonne treibt die Geister aus.

Lily Brett

Einfach so

Aus dem Amerikanischen von Anne Lösch
suhrkamp taschenbuch 3033
446 Seiten

Einfach so erzählt die Geschichte einer Frau, die in New York zu Hause ist. Sie schreibt Nachrufe für eine Zeitung, ihr Ehemann, mit dem sie glücklich ist, spielt eine gewisse Rolle in der New Yorker Kunstszene, zu der sie allerdings eine ironisch-direkte Beziehung pflegt. Sie lebt in einem weitläufigen Loft, hat drei aufmüpfige, aber wohlgeratene Kinder, und wenig Außergewöhnliches, nichts Dramatisches drängt sich in den Ablauf ihrer Tage. Das Außergewöhnliche liegt in ihr selbst, in ihrer Art, die Umwelt wahrzunehmen: Soll sie ein koscheres Huhn kaufen, oder darf sie auf die Instanthühnerbrühe zurückgreifen? Kann sie sich von den reichen Gastgebern mit deren Mercedes zur Dinnerparty kutschieren lassen? Ihre Lebensgeschichte – sie ist die Tochter jüdischer Eltern, die den Holocaust überlebt haben – ist immer präsent. Gegenwart und Vergangenheit sind für sie untrennbar verbunden, und ihr Beruf – durch den sie häufig Begräbnisse zumeist völlig fremder Menschen besuchen muss – verstärkt das Gefühl der Zerbrechlichkeit des Glücks.

NF 246/1/7.00

Marguerite Duras

Die Schamlosen

Roman
Aus dem Französischen von Andrea Spingler
216 Seiten. Gebunden

»Dieses Buch brach aus mir heraus«, schrieb Marguerite Duras, 29jährig, als ihr erster Roman *Die Schamlosen* veröffentlicht wurde. In ihm sind konzentriert und ungestüm viele der Themen bereits angelegt, die vierzig Jahre später ihr Welterfolg *Der Liebhaber* variiert.
Jacques, der älteste Sohn, krimineller Spieler und Müßiggänger, dominiert seine Familie. Einzig Maud versucht sich seinem selbstsüchtigen Diktat zu entziehen. Sie soll der Familie aus Geldnöten helfen, indem sie einen vermögenden Bauernsohn heiratet. Doch Maud widersetzt sich den beklemmenden Erwartungen und folgt einem starken Gefühl für einen anderen Mann. Der Skandal ist perfekt.
Ein leidenschaftlicher Roman über die Tyrannei von Liebe und Hass, über Schuldgefühl und Manipulation, Abhängigkeit und Selbstbetrug – kurz: über die subtilen psychischen Grausamkeiten, wie sie nur im Hort der Familie stattfinden können.

NF 216/1/5.00

Dubravka Ugrešić

Das Museum der bedingungslosen Kapitulation

Roman
Aus dem Kroatischen von Barbara Antkowiak
304 Seiten. Gebunden

In sieben symmetrisch angeordneten Kapiteln reflektiert Dubravka Ugrešić, die nicht mehr in Kroatien lebt, ihren Aufenthalt in Berlin und München, erinnert sich an ihre eigene Kindheit und Jugend, erzählt von der trinkfesten, ess- und kochsüchtigen, männerverschlingenden Weltenbummlerin Christa und schildert sehr poetisch und melancholisch die hastige Liebesaffäre mit dem viel zu jungen, bildschönen Antonio in Lissabon.

Von Dubravka Ugrešić erschienen bisher im Suhrkamp Verlag: *Der goldene Finger* (edition suhrkamp 1654), *My American Fictionary* (edition suhrkamp 1895) sowie *Die Kultur der Lüge* (edition suhrkamp 1963). Für letzteres Buch wurde sie mit dem Charles-Veillon-Preis ausgezeichnet.

NF 252/1/8.00

Unda Hörner

Unter Nachbarn

Roman
suhrkamp taschenbuch 3171
201 Seiten

»Ein Schlüssel wurde in der Tür umgedreht. Die Tür wurde geöffnet und wieder geschlossen. Ein fremder Mann stand im Flur. Er sah mich im Bett liegen und fragte: ›Wie viele Leute haben eigentlich einen Schlüssel zu dieser Wohnung?‹ ›Ich gieße hier die Blumen‹, sagte ich und zog die Decke bis zum Kinn. ›Das sehe ich‹, sagte er.«
Unter Nachbarn ist ein Roman über Berlin – und Nachbarn in Berlin. Es treten auf: eine ungewöhnliche Mutter, ein heißblütiger Waffenkenner, ein lebensmüder Professor, eine ungezügelte Klavierspielerin und ein rätselhafter Gast, der beim Blumengießen in der Wohnung des verreisten Nachbarn auftaucht. Schließlich führt eine flüchtige Beziehung zu einem »Seemann« immer wieder an einen See in der Stadt, an dem alles wie zufällig zusammenläuft und etwas ganz Neues entsteht.

Unda Hörner, geboren 1961, lebt seit 1982 in Berlin.

NF 284/1/11.00

Sabine Neumann

Streit

Drei Erzählungen
suhrkamp taschenbuch 3119
172 Seiten

Angefangen hat der Streit mit der leidigen Putzfrage. Als sie den hartnäckig vor sich hin putzenden Freund fragt, ob er auch einem Kaffee will, ist für ihn schon alles zu spät. Am späten Abend, nach einem gemeinsamen Konzertbesuch, kommt es zum Eklat. Unausweichlich, wie eine Naturkatastrophe, nimmt der Streit seinen Lauf. Und wieder einmal gelangen die beiden an einen Punkt der Auseinandersetzung, wo sie nur noch gewalttätig reagieren können. Wo sich nur noch die Frage stellt: Opfer oder Täter?
»Ich möchte weggehen, dahin, wo mich niemand kennt, ich möchte mich völlig neu erfinden«, sagt eine junge Frau und rettet sich aus einer Beziehung, die aus dem Lot geraten ist. Verliebt in eine Schülerin hat sich eine andere Erzählerin. Sie wählt das Reisen, um ihre »harmlose erotische Verwirrung leichten Herzens hinter sich« zu lassen. In ihrem Debüt treibt Sabine Neumann ein raffiniertes Spiel mit den Geschlechterrollen, erzählt vom Verliebtsein, von der Liebe, die zum Haß wird, von Ausbruchsversuchen und Versöhnungen.

Sabine Neumann, geboren 1961 in Regensburg, lebt zur Zeit in Malmö, Schweden.

NF 260/1/9.00